CARRÉ NOIR

COLLECTION SÉRIE NOIRE

créée par Marcel Duhamel

Nouveautés du mois

2108 – LA CHASSE AUX NYMPHETTES
(J. A JANCE)

2109 – LUMIÈRE NOIRE
(DIDIER DAENINCKX)

2110 - LA POLKA DES POLLUANTS
(MAX ALLAN COLLINS)

2111 – FAUX CRACKS ET VRAIS TOCARDS
(MICHAEL GELLER)

JAMES HADLEY CHASE

Trop petit mon ami

TRADUIT DE L'ANGLAIS
PAR ANDRÉ BELLAC

nrf

GALLIMARD

Titre original :

THE WAY THE COOKIE CRUMBLES

CHAPITRE I

La pendule murale marquait trois heures cinquante du matin quand le téléphone du sergent Beigler sonna.

Beigler était un colosse blond au visage parsemé de taches de rousseur ; il approchait la quarantaine. Il fit une grimace, jeta un coup d'œil à la pendule et empoigna l'appareil de sa grande main velue.

— Beigler à l'appareil. J'écoute.

— Harry Browning est au bout du fil, lui annonça le sergent de permanence. Il voudrait te parler. Il a l'air dans tous ses états.

Beigler eut une autre grimace plus prononcée. Harry Browning était le propriétaire de « La Coquille », un des trois meilleurs restaurants gastronomiques de Paradise City. C'était un ami intime du maire et du capitaine Terrell, le chef de la police. Pour Beigler, Browning faisait partie du gratin.

— Passe-le-moi, Charley, répondit Beigler en prenant une cigarette. (Il lança un regard mélancolique au gobelet de carton vide sur son bureau ; cela faisait bien une demi-heure qu'il avait avalé sa dernière gorgée de café. Beigler avait deux vices : le café et le tabac.) Et envoie donc quelqu'un chercher du café, Charley : je suis à sec.

— O.K. !, répondit le sergent de permanence, Charley Tanner, d'un ton résigné. (Il passait son temps à envoyer chercher du café pour Beigler.) Je te passe Browning.

Il y eut un déclic, puis une voix de basse aboya :

— C'est vous, Beigler ?

— Oui, monsieur Browning. Qu'y a-t-il pour votre service ?

— J'ai un cadavre de femme sur les bras, mon vieux ! Venez immédiatement m'en débarrasser. Oui, à « La Coquille ». Ecoutez, Beigler, vous êtes peut-être blasé, mais, pour moi, c'est une sale histoire, et je ne tiens pas à ce qu'on l'ébruite... Vous me comprenez, oui ? Si les journalistes fourrent leur nez là-dedans, on me le paiera. Peu importe qui, mais on me le paiera. C'est clair ?

Beigler s'était redressé. Il avait oublié la chaleur étouffante qui régnait dans le grand bureau mal éclairé.

— Entendu, monsieur Browning. Ne vous inquiétez pas. J'arrive.

— Tout ce que je vous demande, Beigler, c'est d'activer ! Faites ce qu'il faut pour que je n'aie pas d'histoires... Comme cela, vous n'en aurez pas non plus.

Il raccrocha. Beigler fit la moue, puis composa le numéro du poste de permanence.

— Charley ? Est-ce qu'il y a des journalistes en bas ?

— Il y a Hamilton, du *Sun*. Il roupille... Il est à moitié bourré. Pourquoi ? Qu'est-ce qui se passe ?

— Rien pour l'instant, mais ça ne va pas tarder. Ecoute, Charley, il faut que je sorte. Si Hamilton te demande où je suis allé, raconte-lui que j'avais une rage de dents et que je suis rentré chez moi. Qui est de service ?

— Tu as mal aux dents ? demanda Tanner, plein de sollicitude. C'est moche, Joe, tu devrais...

— T'inquiète pas, coupa Beigler. Qui est de service ?

— Mandrake est parti te chercher du café, répondit Tanner sur un ton de reproche. Jackson est ici. Il s'use les pouces à force de ses les tourner.

— Qu'il vienne me remplacer ! Hess est là ?

— Il s'apprête à partir.

— Dis-lui de m'attendre. Je descends tout de suite.

Beigler enfila sa veste, tâta sa poche-revolver pour s'assurer qu'elle était garnie, attrapa un paquet de cigarettes sur son bureau et descendit à la salle de service.

Fred Hess, inspecteur de la Brigade criminelle, était adossé au mur, l'air résigné.

— Deux minutes de plus et tu ne m'aurais pas trouvé. (Il haussa les épaules.) Alors, qu'est-ce qui se passe ?

Beigler descendit les quelques marches qui le séparaient de la voiture de police. Il s'installa au volant et mit le moteur en marche ; Hess fit le tour de la voiture et monta à côté de lui.

— Un cadavre de femme à « La Coquille ».

Browning est dans tous ses états, répondit Beigler en fonçant dans la Grand-Rue déserte.

— Un meurtre ? grogna Hess.

— Il n'a pas précisé. Je ne lui ai rien demandé. On verra bien. Il n'avait pas l'air d'humeur à répondre à mes questions.

— Je m'en doute, ricana Hess. D'après ce que j'ai entendu dire, ce n'est pas le genre de boîte que fréquentent les macchabées. Tu y es déjà allé, Joe ?

— Avec ce que je gagne ? répondit Beigler en fonçant sur la Promenade. (Quelques voitures étaient garées le long de la plage, mais la circulation était à peu près nulle.) Il faudra faire gaffe, Fred. Browning a le bras long, dans cette ville.

— S'il s'agit d'un meurtre, il a beau être une huile, ça se saura.

— Oui... Enfin, on ne sait pas encore s'il s'agit d'un meutre. Laisse-moi faire. Browning a des amis puissants.

— A toi de jouer, vieux. Je me ferai tout petit.

« La Coquille » se trouvait au bout de la Promenade. Le restaurant était entouré de pelouses, de plates-bandes et de palmiers illuminés. Trois marches de marbre menaient à un hall imposant. Le restaurant fermait à deux heures et demie du matin ; il n'y avait qu'un seul lustre allumé dans le hall : quelques appliques dissimulées dans les parois jetaient de longues ombres sur l'épaisse moquette bordeaux.

Beigler et Hess descendirent de voiture, escaladèrent les marches, poussèrent la porte-tambour et pénétrèrent dans le hall élégant. Un grand diable aux allures d'aristocrate, les attendait ; c'était Louis, le maître d'hôtel.

Toujours digne et hautain, Louis se démontait rarement, mais Beigler se rendit compte que, pour une fois, il était vraiment secoué.

— Si vous voulez bien me suivre...

Louis partit d'un pas rapide. A sa suite, ils traversèrent un second hall, montèrent à l'étage et entrèrent dans un bar immense.

Harry Browning les attendait, assis sur un tabouret, un verre de cognac à la main, un cigare vissé entre les dents.

Cinquante-cinq ans, une bonne brioche et une calvitie naissante, Browning portait un smoking écossais et un œillet blanc à la boutonnière. Il paraissait exactement ce qu'il était : malin, riche, puissant et arrogant.

— Elle est là-bas, dit-il en tendant le bras vers le fond de la salle. Dans le dernier box.

Une vingtaine de boxes, tous fermés par un rideau de velours rouge, entouraient la salle.

Beigler et Hess allèrent jeter un coup d'œil dans le box qu'on leur avait indiqué.

Dans la pénombre, ils distinguèrent la silhouette d'une femme blonde, écroulée sur la table. Elle portait une robe du soir blanche qui lui dénudait entièrement le dos. Ses cheveux blonds formaient comme une grande tache d'or sur le bois sombre de la table.

Beigler se retourna vers Browning :

— Est-ce qu'on pourrait avoir un peu plus de lumière, monsieur Browning ?

Louis passa derrière le bar et pressa quelques commutateurs. Un flot de lumière inonda brusquement les deux détectives, qui clignèrent des yeux.

Beigler fit un signe de tête pour remercier, puis

s'approcha du cadavre. Il toucha l'épaule de la victime : la peau déjà froide lui confirma la déclaration de Browning : elle était bien morte ; mais pour s'en assurer il tâta la carotide : le pouls ne battait plus.

— Il vaut mieux ne pas la toucher avant d'avoir pris des photos, dit Hess en secouant sa grosse tête ronde.

Browning se dirigea vers eux en mâchonnant nerveusement son cigare.

— Il faut que vous m'en débarrassiez tout de suite, vous m'entendez ! A la morgue, vous pourrez en faire tout ce que vous voudrez. Si les journalistes s'emparent de cette affaire, ma saison est fichue. Alors sortez-la d'ici au plus vite.

— Nous ne pouvons pas la bouger avant de l'avoir photographiée, répondit sèchement Hess. Il s'agit peut-être d'un meurtre.

— Vous, qui êtes-vous ? demanda Browning en le fusillant du regard.

Beigler en voulut à Hess d'avoir ouvert la bouche. Il se hâta d'intervenir :

— C'est l'inspecteur de la Brigade criminelle, monsieur Browning. Il a raison, vous savez. Il s'agit peut-être d'un meurtre. Je...

— Il s'agit d'un suicide, coupa Browning, le visage de marbre. Il y a une seringue par terre et son visage est violacé. Il n'y a pas besoin d'être de la police pour conclure qu'elle est morte d'une dose excessive d'héroïne. Maintenant, débarrassez-moi d'elle !

Beigler jeta un coup d'œil sous la table. Il aperçut une seringue vide sur la moquette. Il se redressa, prit à deux mains la tête du cadavre et la souleva pour scruter le visage de la morte. La peau était bleue et les pupilles dilatées. Il grogna, puis reposa la tête sur la table.

— Il peut tout de même s'agir d'un meurtre, monsieur Browning, dit-il calmement. Quelqu'un a pu lui faire cette piqûre.

— Personne ne s'est approché d'elle pendant qu'elle était ici, répondit Browning d'un ton impatient. Allez, emmenez-la !

— Tous les suicides sont considérés comme des assassinats tant qu'on n'a pas pu faire la preuve qu'il s'agit d'un suicide. Je suis désolé, monsieur Browning, mais nous ne pouvons pas faire d'exception.

Une lueur méchante s'alluma dans les yeux de Browning :

— Je n'aime pas les flics qui me font des histoires, Beigler. Et j'ai une excellente mémoire. (Il se tourna vers Louis.) Appelez-moi le capitaine Terrell.

Le maître d'hôtel partit précipitamment vers le comptoir.

— Je suis désolé, monsieur Browning, poursuivit Beigler, mais c'est la règle, à moins que le capitaine donne des ordres. Avez-vous un second téléphone ?

— Vous ne téléphonerez pas avant d'avoir parlé à Terrell, lança Browning en regagnant le bar.

Beigler et Hess échangèrent un regard. Hess sourit. Il savait que si quelqu'un payait les pots cassés, ce ne serait pas lui. Il passa derrière Beigler et pénétra dans le box. A côté du cadavre traînait un sac à main de brocart blanc et or. Il le prit et l'ouvrit. Il en tira une enveloppe qu'il tourna un moment dans ses doigts avant de la passer à Beigler.

— Jette donc un coup d'œil à ça, Joe. C'est pour nous.

Beigler prit l'enveloppe. Il entendait Browning parler à voix basse au téléphone. Il jeta un coup d'œil sur l'écriture cursive de l'enveloppe libellée à l'adresse de la « Direction de la Police ». Il l'ouvrit avec précaution avec un canif et en tira une feuille de papier pliée en quatre. Il l'ouvrit et, le souffle de Hess sur sa nuque, lut le texte suivant, rédigé de la même écriture :

Venez au 247, Seaview Boulevard. Il m'avait cherchée, il m'a trouvée. Pour éviter les histoires, j'aime mieux disparaître. Muriel Marsh Devon.

P.-S. La clé est sous le paillasson.

— Hé ! Beigler ! appela Browning. Terrell veut vous parler.

Beigler, le papier à la main, s'approcha du comptoir et prit le combiné des mains de Browning qui s'écarta de quelques pas.

— Allô, c'est vous, chef ? demanda Beigler.

— Oui, répondit Terrell. Qu'est-ce qui se passe, Joe ?

— Browning m'a téléphoné pour m'annoncer un cadavre dans son restaurant. Une femme. Je viens d'arriver. Ça a l'air d'un suicide : dose excessive d'héroïne. J'ai trouvé une seringue vide et le visage du cadavre est bleu. J'ai trouvé un mot dans son sac. Je vais vous le lire. (Beigler prit le papier et le lut à voix basse pour que Browning n'entende pas.) Si je comprends bien, elle a descendu un gars. M. Browning veut qu'on enlève le cadavre illico. Je crois qu'on ne peut pas faire ça. Qu'est-ce que vous en dites, chef ? Il faudrait envoyer la brigade.

Un silence ; puis Terrell demanda :

— Qui est avec vous, Joe ?

— Hess.

— Laissez-le près du cadavre et filez au Seaview Boulevard pour vérifier. Je vais dire à Lepski de vous y rejoindre. Je serai au restaurant dans vingt minutes. Dites à Hess d'appeler la brigade.

— Browning va faire la gueule, commenta Beigler en jetant un coup d'œil à Browning qui faisait les cent pas.

— Je vais lui dire un mot. Dépêchez-vous, Joe.

— J'y vais, chef, répondit Beigler. (Il posa le récepteur sur le comptoir et se tourna vers Browning.) Le capitaine veut vous parler, monsieur Browning.

Pendant que Browning prenait le téléphone, Beigler allait retrouver Hess.

— Appelle la brigade, Fred. C'est le grand jeu. Le chef s'amène, dit-il en souriant. Moi, je file à Seaview Boulevard. Salut. Ménage Browning.

— Si tu crois qu'il va prendre des gants avec moi, répondit Hess qui n'en menait pas large.

Beigler descendit l'escalier. Il entendit Browning qui protestait d'une voix haletante :

— Vous ne pouvez pas me faire cela, Fred. Vous...

Beigler n'entendit pas la suite. Il s'enfonça dans la nuit chaude. Au moment où il ouvrait la portière de sa voiture, une grande silhouette efflanquée surgit de l'obscurité. C'était Bert Hamilton, du « Paradise Sun ».

— Alors, et ce mal de dents, Joe ? demanda-t-il en se plantant devant Beigler. Au fait, je ne savais pas qu'il t'en restait encore, des dents !

Beigler se retourna.

— Un conseil, Bert : ne reste pas dans le coin, sinon tu risques de te faire botter les fesses.

— Qu'est-ce qui te permet de croire que j'ai des fesses ? demanda Hamilton.

Le journaliste monta les marches de « La Coquille » en titubant, pendant que Beigler fonçait dans l'allée et gagnait Seaview Boulevard.

Ticky Edris avait une grosse tête au front bombé, des membres difformes et il mesurait à peine un mètre. Il était ce que les médecins appellent un nain acondroplastique.

Edris était serveur et plongeur à « La Coquille » depuis huit ans. Sa bonne humeur apparente, ses yeux tristes et sa démarche de canard affairé faisaient la joie des clients huppés de Browning. Ils trouvaient un plaisir rare à se faire servir par un nain et, peu à peu, au fil des années, Edris était devenu une sorte de bouffon de cour qui se permettait avec les clients des familiarités qu'ils n'auraient acceptées de personne d'autre. C'est une sorte de tendresse amusée, teintée de mépris et d'une certaine terreur, qu'inspirent toujours les êtres disgraciés.

Drapé dans un tablier de chef à sa taille, Edris essuyait les derniers verres quand Louis, le maître d'hôtel, entra dans l'office.

— Ils veulent te parler, Ticky, dit-il. Contente-toi de répondre à leurs questions. Moins on en dira sur cette affaire, mieux ça vaudra pour M. Browning.

Edris accrocha le torchon et ôta son tablier. Il avait les traits un peu tirés et les yeux cernés. Il n'avait pas arrêté depuis six heures du soir et il était éreinté.

— Entendu, monsieur Louis, dit-il, en enfilant sa veste blanche. Comptez sur moi.

Il passa dans le bar de son pas sautillant. Au fond de la salle, un photographe prenait des clichés du cadavre. Le capitaine Terrell, un grand type blond qui commençait à blanchir, la mâchoire volontaire, discutait avec Browning. Seule une ombre de barbe révélait que le coup de téléphone de Beigler avait tiré Terrell du lit.

Le docteur Lowis, le médecin légiste, petit et replet, attendait impatiemment que le photographe en ait fini. Deux spécialistes de l'Identité judiciaire attendaient également au bar, en contemplant les rangées de bouteilles d'un œil rêveur.

Fred Hess et l'inspecteur en second, Max Jacoby, un calepin à la main, étaient assis dans un des boxes. En apercevant Edris, Hess lui fit signe. Le nain se dirigea vers lui.

— C'est toi qui as servi cette femme ? demanda Hess.

— Oui.

Hess examina le nain, sans chercher à cacher le dégoût que lui inspirait le personnage. Edris, ses mains boudinées croisées sur son ventre, soutenait son regard d'un air lointain.

— Tu t'appelles ?

— Ticky Edwards Edris.

— Adresse ?

— 24 East Street, Seacombe.

Seacombe était le faubourg le plus minable de Paradise City.

Jacoby, un jeune juif, notait les réponses.

— A quel heure est-elle arrivée ? demanda Hess en allumant une cigarette.

— A onze heures huit exactement.

— Voilà ce qui s'appelle être précis ! ironisa Hess en observant le nain de près. Comment tu fais ?

— J'ai une montre... Je m'en sers.

— Elle était seule ?

— Oui.

— Est-ce qu'elle avait réservé ce box ?

— Non. Il était tard. Presque tous les clients avaient quitté le bar et étaient passés au restaurant. Il y avait beaucoup de places libres.

— Elle avait l'air normal ?

Hess se rendit compte que Browning et Terrell s'étaient approchés et écoutaient. Edris jeta un coup d'œil par-dessus son épaule, vit Browning froncer les sourcils et répondit un peu hâtivement :

— Oui, elle avait l'air normal.

— Qu'a-t-elle fait en entrant ?

— Elle est allée s'asseoir là-bas. Je lui ai demandé si elle attendait quelqu'un et elle m'a répondu que non. Elle a commandé un whisky. Je l'ai servie et je ne me suis plus occupé d'elle.

— Et ensuite, que s'est-il passé ?

— Je suis descendu au restaurant servir à boire. Quand je suis remonté, le rideau était tiré. J'ai demandé au barman si quelqu'un l'avait rejointe, mais il m'a répondu qu'elle était toujours seule. J'ai pensé qu'elle voulait avoir la paix et je ne suis pas allé la déranger.

— Elle voulait la paix, en effet. Et ensuite ?

— Nous fermons vers deux heures et demie. Comme il ne restait plus grand monde et que le rideau était toujours tiré, j'ai voulu lui présenter l'addition. J'ai frappé. Personne ne m'a répondu. J'ai ouvert le rideau et je l'ai trouvée dans cette position.

— Tu ne t'es pas occupé d'elle pendant trois heures et demie ?

— Non. J'étais pris à l'office. On a eu une soirée chargée ; il y avait beaucoup de vaisselle.

Browning poussa soudain un grognement et se tourna vers Terrell :

— Je rentre chez moi. Louis assurera la fermeture. Quelle tuile ! Me voilà ruiné. Emmenez vos hommes dès que vous pourrez, Frank. Il faut que Louis aille se reposer.

— Nous n'en avons plus pour longtemps, Harry, répondit Terrell.

Il lui serra la main et regarda Browning descendre l'escalier. Puis il alla retrouver le docteur Lowis qui examinait le cadavre. Edris s'approcha de lui.

— Quand vous m'avez demandé tout à l'heure si elle avait l'air normal, dit le nain, je ne vous ai pas dit toute la vérité.

— Comment ? dit Hess en le regardant droit dans les yeux. Ta mère te trouvait peut-être joli, mais moi pas. Tu veux dire que tu as menti ?

— Je ne tiens pas à perdre ma place, répondit Edris en sortant son mouchoir pour s'essuyer le visage. Le patron écoutait. Si je vous avais dit la vérité et qu'il m'ait entendu, il m'aurait flanqué à la porte.

— Qu'est-ce qui te fait croire qu'il ne te foutra pas à la porte si tu me dis la vérité maintenant ?

— Si vous ne le lui répétez pas, il n'en saura rien, pas vrai ?

Hess contempla le nain d'un air songeur, puis haussa les épaules.

— Bon. Donc, elle n'avait pas l'air normal ?

— Non. Dès que je l'ai vue, j'ai compris que quelque chose n'allait pas. Elle était pâle comme une morte et elle tremblait. Je savais que, quand elle était dans cet état, elle risquait de piquer une crise, de hurler, de faire du scandale. Alors, quand j'ai compris que ça allait faire du vilain, je l'ai amenée dans ce box, je lui ai apporté un verre et j'ai tiré le rideau. Je ne voulais pas qu'elle se donne en spectacle. Le patron a horreur des scènes.

Hess et Jacoby se regardèrent.

— Tu connais donc cette femme ? demanda Hess.

Edris jeta un coup d'œil à Louis qui bavardait avec Bert Hamilton. Il baissa la voix et reprit :

— Oui, je la connais. Elle habite dans mon immeuble, sur le même palier, juste en face.

— Tu ne pouvais donc pas le dire plus tôt ? lança Hess.

— Vous ne me l'avez pas demandé ! Et puis, je vous répète que M. Browning m'écoutait. S'il apprend que je la connaissais et que c'est moi qui l'ai amenée dans ce box, il va me ficher dehors, ça ne fait pas de doute.

— Qu'est-ce que tu sais d'elle ?

— C'est une droguée et une putain. Ça fait huit ans que je la connais.

— Tu veux dire que c'était ta bonne amie, Ticky ? demanda Hess en se penchant en avant.

Edris le regarda quelques secondes, l'œil triste.

— Vous croyez que j'ai les petites amies que je veux ?

— Tu lui rabattais des clients riches et elle t'en était reconnaissante, hein ? C'est ça, Ticky ?

— Il se trouve qu'elle habitait juste en face de chez moi, répondit Edris d'un air digne. De temps en temps, nous bavardions. Elle aussi devait me considérer un peu comme une sorte de monstre. C'est l'effet que je fais à tout le monde. Mais ce n'est pas parce qu'on bavardait qu'il faut me prendre pour un maquereau.

Ils se regardèrent fixement. Hess fut le premier à détourner les yeux.

— De quoi est-ce qu'elle te parlait ?

— D'un tas de choses : de son mari, de sa fille, de ses amants, de sa vie, quoi.

— Elle était mariée ?

— Oui.

Louis s'approcha :

— Vous êtes Monsieur Hess ? demanda-t-il...

— Oui, et après ? lança Hess. Vous voyez bien que je suis occupé.

— On vous demande au téléphone, dit Louis en s'inclinant cérémonieusement.

Hess se leva.

— Bouge pas, demi-portion, dit-il à Edris. Je n'en ai pas fini avec toi.

Il se dirigea vers le bar et prit l'appareil :

— J'écoute.

— Ici Joe, dit Beigler. Il s'agit bien d'un meurtre. Le chef est là ?

— Oui.

— Dis-lui que j'ai trouvé le type dont elle parle dans son mot. Il a cinq balles dans le corps. Il faut que tu viennes.

— D'accord. Je vais le lui dire. Eh ben ! dis donc, j'ai l'impression qu'on n'est pas encore au lit.

— Tu l'as dit. Allez, grouille-toi, Fred.

Beigler raccrocha. Hess en fit autant. Deux infirmiers en blouse blanche grimpaient l'escalier. Ils montaient une civière repliée.

— Le macchabée est prêt ? demanda l'un d'eux.

— Une minute. Attendez ici. Je vais voir. (Hess se dirigea vers le fond de la salle. En passant devant Edris, il lui dit) : Ça va, Ticky, tu peux te tirer. Passe me voir demain à onze heures au commissariat... Je m'appelle Hess.

Là-dessus, il se dirigea vers Terrell et le docteur Lowis.

— Oui, vous pouvez l'emporter, dit Lowis en refermant sa trousse. Je vous apporterai mon rapport demain matin à dix heures. Maintenant, bonsoir, je vais me coucher.

— Vous croyez ça, docteur ? lui dit Hess, l'air réjoui. Nous avons un deuxième cadavre pour vous, Beigler vient de m'appeler. Il vous attend 247, Seaview Boulevard.

Tête du docteur Lowis !

— Si je comprends bien, je ne vais pas fermer l'œil de la nuit ! gémit-il.

— Comme si on avait besoin de dormir, nous

autres ! lança Hess avec un grand sourire. On est des supermen, vous ne saviez pas ?

Lowis partit comme une flèche sans faire de commentaires.

— Qu'est-ce qui se passe, Fred ? demanda Terrell d'un ton bourru.

— Joe vient d'appeler. Un meurtre. Il nous demande de venir le rejoindre.

Terrell contempla la femme qu'on avait allongée par terre. Jolie, mince, bien faite, dans les quarante ans.

— Elle se droguait, Fred. Ses cuisses sont criblées de piqûres.

— Le nain a bavé. Il la connaît. Ce n'était pas seulement une droguée, mais une putain. Voilà qui va faire plaisir à Browning quand ça se saura.

Tel un vautour flairant une charogne, Hamilton, du *Sun*, se dirigeait vers eux.

— Max va s'occuper du reste, dit Terrell. Allons retrouver Joe.

— Qu'est-ce qui se passe ? demanda Hamilton.

Depuis qu'on lui avait dit qu'il ressemblait à James Stewart, il adoptait un accent traînant et des airs désinvoltes qui accentuaient sa ressemblance avec l'acteur.

— Suivez-nous et vous le saurez.

— Qu'est-ce qui se fricote encore ? demanda Hamilton en emboîtant le pas de Hess.

— Un autre macchabée. Elle l'a descendu et puis elle s'est suicidée, dit Hess. Avec ça, t'auras de quoi pisser un gros tas de copie.

Edris s'effaça devant le policier et le journaliste et les regarda disparaître. Les deux infirmiers hissèrent le cadavre sur la civière et l'emportèrent au petit trot.

Edris regagna l'office et referma la porte. Alors son visage s'éclaira d'un méchant sourire. Il se mit à danser la danse du scalp autour de la pièce en poussant de petits grognements de joie et en battant l'air de ses membres difformes.

Seaview Boulevard relie Paradise City à Seacombe. Côté Paradise, les villas sont vastes, luxueuses, entourées de pelouses et dotées d'une piscine et de trois garages équipés d'un œil électronique. Seacombe offre le spectacle de ses petites bicoques plus ou moins croulantes plantées dans quelques mètres carrés d'herbe folle et de ses trottoirs couverts de marelles et de graffiti de mômes. D'un côté, les riches, les profiteurs ; de l'autre, les prolétaires, les paumés. Seaview Boulevard était comme le flagrant symbole de la vie américaine.

Les premières lueurs de l'aube pâlissaient le ciel quand le sergent Beigler s'arrêta devant le numéro 247. C'était une sorte de bungalow, protégé par une haute haie vive et touffue.

Il prit une torche dans la boîte à gants de sa voiture, traversa le trottoir, poussa la barrière de bois et braqua sa lampe sur la petite allée qui menait à la porte d'entrée. Il souleva le paillasson usé et prit la clé, comme l'indiquait la morte dans son message posthume.

Il s'arrêta un instant pour observer la maison d'en face, plongée dans l'obscurité, puis il prit son revolver dans son étui et appuya longuement sur la sonnette. Il ne s'attendait pas qu'on vienne lui ouvrir, mais il était prudent. Il ne voulait pas utiliser la clé sans s'être assuré au préalable que le cadavre était le seul habitant de ces lieux.

Il attendit deux minutes, puis introduisit la clé dans la serrure et ouvrit la porte. Il se retrouva dans un petit vestibule, referma la porte et promena le faisceau de sa torche pour trouver un commutateur. Il fit de la lumière et s'engagea dans un couloir sur lequel donnaient, de chaque côté, des portes fermées.

Il fut un peu étonné de constater que les deux pièces de devant ne comportaient, pour tout mobilier, que des rideaux de nylon blanc usagés. La troisième porte ouvrit sur une salle de bains. Les serviettes sur le radiateur et une éponge rose sur le rebord de la baignoire prouvaient que cette pièce avait servi depuis peu. La porte d'en face donnait sur une petite cuisine. Les tiroirs vides et les placards couverts de poussière permettaient de penser que personne n'y faisait jamais la cuisine.

Poursuivant son inspection par les deux pièces de derrière, il ouvrit la porte de gauche, alluma et pénétra dans une chambre à coucher. Il eut immédiatement l'impression que ce n'était pas là une chambre à coucher ordinaire.

Un lit immense occupait le centre de la pièce ; les draps et les taies d'oreillers immaculées n'avaient jamais servi. Un immense miroir était fixé au mur, et un autre au plafond. A terre, une épaisse moquette lie de vin. Les murs, vert bouteille, étaient ornés de photos de femmes nues dans des poses aguichantes. Un grand placard occupait tout un mur de la pièce. Beigler en ouvrit les portes. Il y avait là tout l'arsenal d'une prostituée, depuis les albums pornographiques jusqu'aux fouets et aux cannes. Il referma le placard, sortit de la pièce et s'arrêta devant la porte de la dernière pièce. Il avança la main, tourna le bouton et poussa lentement la porte. La pièce était éclairée. Sur le lit, un homme était affalé à côté d'un journal grand ouvert. La mort l'avait surpris pendant sa lecture. Il portait un pyjama bleu et blanc : le devant de sa veste était ensanglanté, comme ses mains crispées : une traînée de sang zébrait sa joue bronzée.

Beigler l'observa un moment, puis s'avança dans la pièce.

L'homme était bien bâti, avec des épaules de boxeur. Ses cheveux coupés en brosse étaient noirs comme de l'encre de Chine. Une fine moustache lui donnait un air conquérant et charmeur. On en rencontre pas mal, sur les plages de Paradise City, de ces play-boys qui exhibent leurs muscles et leur virilité. Ce sont là leurs seules ressources, car ils ont du mal à gagner leur vie.

Il y avait un téléphone sur la table de nuit. Beigler composa le numéro de « La Coquille » et demanda à parler à Hess. Il venait de raccrocher quand la sonnette de la porte d'entrée le fit sursauter. Il alla ouvrir et se trouva nez à nez avec Tom Lepski, un grand type sec, bronzé, aux traits durs et aux yeux d'un bleu métallique.

— Le chef m'a téléphoné qu'il y avait du boulot ici, expliqua-t-il en pénétrant dans le vestibule.

— Oui... un macchabée. Viens voir.

Beigler le conduisit dans la chambre à coucher. Lepski considéra le cadavre, puis repoussa son chapeau sur sa nuque.

— C'est Johnnie Williams. Eh ben ! il a fini par trouver ce qu'il cherchait.

— Tu le connais ?

— Tu parles ! Il se faisait assez remarquer. C'était un des gigolos de luxe de l'hôtel Palace. Qu'est-ce qu'il fabrique dans un taudis pareil ?

Beigler inspectait les tiroirs d'une commode. Il y découvrit un portefeuille en peau de porc : à l'intérieur, il trouva une carte du « Diner's Club », un permis de conduire et un chéquier, tous trois au nom de Johnnie Williams. Le chéquier indiquait que Williams avait 3756 dollars à son compte en banque.

— Il devait habiter ici. Va voir la pièce d'en face.

Lepski traversa le couloir ; Beigler poursuivit sa fouille. Un placard était bourré de vêtements d'homme.

— C'est une maison de passe, commenta Lepski en revenant. Qui est la femme ?

— Elle s'appelait Muriel Marsh Devon. Elle s'est suicidée en se piquant à l'héroïne, ce soir, à « La Coquille ». Elle a laissé un mot pour expliquer qu'elle venait de faire la peau à ce bel athlète.

Lepski s'approcha du cadavre et examina la poitrine. Il poussa un grognement.

— Elle l'a drôlement arrangé ! Elle lui a vidé au moins tout un chargeur dans le cœur.

Beigler se pencha soudain sous le lit. Il tendit le bras et ramena avec précaution un automatique, calibre 38. Il prit son mouchoir, en couvrit l'arme et la ramassa.

— Affaire classée, dit-il. On réussira peut-être à roupiller une heure ou deux cette nuit.

Une voiture s'arrêta devant la maison et Lepski se dirigea vers la porte. Il revint, accompagné du docteur Lowis.

— Il est à vous, dit Beigler en désignant le cadavre.

— Trop aimable ! répondit Lowis. Ça va me faire deux rapports à rédiger.

— Vous n'êtes pas le seul, si ça peut vous consoler. (Beigler se tourna vers Lepski.) Allons prendre le frais.

Dans le jardin, les deux hommes allumèrent une cigarette.

— C'est curieux que personne n'ait signalé la détonation, dit Lepski en faisant un signe en direction de la baraque voisine.

— Ils sont peut-être en vacances, répondit Beigler. Et puis, les gens de Seacombe ne s'occupent guère de leurs voisins. Tu sais, ça fait dix ans que je suis dans la police, et on n'a jamais eu d'histoires à Seacombe.

— Pourquoi a-t-elle descendu Johnnie ? Et qu'est-ce qu'il pouvait bien fabriquer avec une putain à deux dollars ?

— Oh ! elle valait plus que ça ! Je l'ai vue à « La Coquille », elle avait un certain chic. La plupart des hommes qui fréquentent les putains aiment consommer dans un décor sordide. Ne me demande pas pourquoi.

— Bon, bon, je ne te le demanderai pas, répondit Lepski en étouffant un bâillement. J'aurais préféré que le chef me laisse dormir.

— Tiens, les voilà !

Deux voitures arrivaient à fond de train sur le large boulevard. Une demi-heure plus tard, le docteur Lowis sortit de la maison et alla retrouver le capitaine Terrell qui fumait sa pipe dans la voiture, en attendant patiemment les rapports de ses hommes.

— Il a dû être tué vers dix heures, dit Lowis. Cinq balles dans le cœur. Tir précis, mais elle pouvait difficilement le rater. Elle a tiré du pied du lit. Vous aurez mon rapport à onze heures. Ça va comme ça ?

— Il faudra bien, docteur, dit Terrell. Allez dormir un peu.

Après le départ de Lowis, Bert Hamilton sortit du bungalow. Il s'était beaucoup démené au téléphone, à élaborer son article.

— Voilà du pain sur la planche ! dit-il à Terrell. Vous savez pourquoi elle l'a descendu ?

— C'est ce qu'il faudra découvrir, répondit Terrell en sortant de sa voiture. A bientôt, Bert !

Il quitta le journaliste et pénétra dans la maison, Beigler et Hess bavardaient dans le vestibule.

— Affaire classée, dit Hess. Du beau travail.

— C'est ce qu'on dirait, répondit Terrell. Mais il y a encore beaucoup à faire. Vous deux, vous irez jeter un coup d'œil sur l'appartement de cette fille, à East Street. Vérifiez si son écriture est bien la même que celle du mot trouvé dans son sac. L'affaire me paraît assez simple, mais il faut s'en assurer. Vous interrogerez le nain. Il a l'air d'en savoir long. Il pourrait peut-être nous dire pourquoi elle a descendu Williams. Je veux un rapport dès dix heures. Ne perdez pas de temps.

Hess eut envie de protester, mais il se contenta de répondre :

— Bien, chef, en réprimant un bâillement.

Terrell gagna la chambre du cadavre où Lepski, adossé au mur, bavardait avec les hommes de l'Identité judiciaire qui venaient de terminer leur travail.

— Tom, dit Terrell, j'aimerais que vous enquêtiez dans les parages pour savoir si quelqu'un a entendu une détonation. Et trouvez-moi aussi quelques renseignements sur Williams.

— Vous voulez que je m'y mette maintenant ? demanda Lepski. Il est à peine six heures. Je ne peux tout de même pas tirer les gens du lit ; ils ne seraient pas d'humeur à coopérer.

— Commencez dans une demi-heure, répondit Terrell en souriant. On se lève tôt, dans ce quartier, vous savez. Tiens, voilà l'ambulance. Je vous laisse le soin de tout liquider ici. (Il se retourna vers les hommes de l'Identité judiciaire.) Vous avez trouvé quelque chose ? leur demanda-t-il.

— Un tas d'empreintes, répondit l'un d'eux. Cette chambre n'a pas été nettoyée depuis des mois. On relève surtout ses empreintes, à lui, mais il y en a d'autres. On va les vérifier.

Terrell approuva, puis se dirigea vers la porte d'entrée tandis que l'ambulance s'arrêtait devant la maison. Il indiqua aux deux infirmiers l'endroit où se trouvait le cadavre, puis il remonta dans sa voiture et regagna le commissariat.

CHAPITRE II

Quelques minutes après que Terrell et ses hommes eurent quitté « La Coquille », Ticky Edris enleva sa veste blanche et enfila une veste légère d'alpaga gris. Il se dirigea ensuite vers la porte de l'office, l'ouvrit et jeta un coup d'œil dans le bar.

Louis et Jacoby bavardaient sur le palier.

— Je rentre chez moi, monsieur Louis, dit Edris de sa voix flûtée. Vous n'y voyez pas d'inconvénient ?

Louis fit un geste de la main sans interrompre sa conversation. Edris revint à l'office d'un air affairé, sortit par l'escalier de service, dégringola les marches du perron et gagna l'emplacement réservé aux voitures du personnel. Il courut plus qu'il ne marcha vers l'endroit où se trouvaient garées deux voitures : une Cooper Mini et une Buick Roadmaster décapotable, capote relevée.

Un type à la carrure imposante fumait au volant de la Buick. Il portait un chapeau de paille brun et un complet crème de bonne coupe, une chemise blanche immaculée et une cravate de bon ton. Ses cheveux blonds mettaient son hâle en valeur. Trente-huit ans, beau gosse, la fossette profonde de son menton le rendait irrésistible auprès de la plupart des femmes.

Il aurait pu passer pour un magistrat, un banquier, voire un politicien promis à un bel avenir, mais il n'était rien de tout cela. Phil Algir utilisait ses dons naturels et ses vastes connaissances à des fins peu louables. Algir avait passé quatorze ans de sa vie en prison pour des délits divers. Il venait de quitter précipitamment New York pour la Floride, au moment où un mandat d'arrêt était lancé contre lui. A court de fonds, il s'était planqué à Paradise City, et il hésitait à monter un nouveau coup sachant bien que s'il se faisait de nouveau piquer, il ne s'en tirerait pas à moins de quatorze ans.

Jusque-là, il avait réussi à se procurer de l'argent sans avoir recours à la violence, mais c'était là un effet du hasard plus que de convictions personnelles. L'affaire qu'il avait montée avec le nain, c'était autre chose. Si elle échouait, ce n'était plus la taule qu'il risquait, mais la chambre à gaz. Donc, il fallait que ça marche, il le fallait à tout prix...

— Alors ? demanda-t-il en jetant son mégot, quand Edris l'eut rejoint.

— Comme sur des roulettes, répondit Edris en posant ses doigts boudinés sur la portière de la voiture. Pas d'histoires... pas d'ennuis. Et de ton côté, tout va bien ?

— Oui.

— Ils sont allés à la villa. Ensuite, ils iront à East Street. Il n'y a pas une minute à perdre, Phil. Tu sais ce que tu dois faire ?

— Oui. (Algir mit son moteur en marche.) Tu crois qu'ils s'en tiendront à la version du suicide ?

— Pour l'instant, ils ont l'air d'y croire. J'aurai Terrell à l'œil. Il est malin. Ne va pas au collège avant sept heures et demie.

— Je sais... je sais. On a déjà mis tous les détails au point plus d'une fois, non ? Joue ton rôle, je jouerai le mien.

Edris recula de deux pas, fit un léger signe de tête et Algir démarra en trombe.

Edris grimpa dans sa Mini. On avait disposé sur l'embrayage, le frein et l'accélérateur, d'épais patins de liège pour lui permettre de manœuvrer la voiture. Il conduisait vite et bien. Il n'avait pas eu un seul accident depuis dix-sept ans qu'il avait son permis.

Il sortit rapidement de Paradise City et, une fois sur l'autoroute, poussa à cent trente à l'heure. Mais en passant devant le 247, Seaview Boulevard, il ralentit pour jeter un coup d'œil aux voitures de police. Dix minutes plus tard, il se garait devant l'immeuble d'East Street. Il prit l'ascenseur jusqu'au dernier étage et entra dans l'appartement de deux pièces qu'il habitait depuis huit ans.

Ce logement comportait un grand living, une petite chambre, une kitchenette et une douche. Le living avait été l'objet de tous ses soins, et il avait fait de ces deux pièces un endroit confortable et meublé avec goût. Une petite table roulante lui suffisait pour prendre ses repas et il avait fait fabriquer un petit fauteuil et une bergère pour son propre usage. Les autres meubles étaient de dimensions normales, car Edris aimait recevoir de temps en temps.

Il entra en trombe dans la chambre, se déshabilla rapidement et courut vers la douche. Sautillant, chantonnant, grognant, s'aspergeant d'eau tiède ou battant des mains pour scander sa chanson, il offrait le spectacle le plus grotesque qu'on puisse imaginer. Puis il se sécha et enfila un pyjama or et bleu et une robe de chambre bleue. Il alla se verser une ration de whisky au petit bar du living, y ajouta de l'eau et, le verre à la main, alla s'asseoir dans son fauteuil et posa ses pieds sur un petit tabouret. Il but une gorgée, reposa le verre et alluma une cigarette. Il se détendit ainsi quelques minutes, inhalant profondément la fumée et la rejetant par ses larges narines. Il jeta un coup d'œil à sa petite montre-bracelet de dame : six heures et demie. Phil mettrait un peu moins d'une heure pour atteindre Miami. Si tout se passait bien, il serait de retour à Paradise City vers huit heures et demie. Il ne comptait pas avoir de ses nouvelles avant neuf heures et demie ou dix heures.

Edris termina son whisky, bâilla et écrasa son mégot. Il se serait volontiers couché, mais il savait que s'il s'allongeait il s'endormirait. Or, il fallait qu'il ait l'esprit clair quand les flics arriveraient.

Il quitta péniblement son fauteuil et alla se préparer un second verre. Edris buvait beaucoup, mais il tenait bien l'alcool. Cependant, il avait eu une rude journée, aujourd'hui, et il se sentait fatigué. Il se dit qu'il valait mieux ne pas abuser du whisky ; un excès de confiance en lui serait néfaste.

Il achevait tranquillement son deuxième verre quand il entendit une voiture s'arrêter devant l'immeuble. Il fut sur le point d'aller regarder par la fenêtre, mais il se retint ; il ne fallait pas que les flics le surprennent en train de les observer. Il alla laver son verre dans la cuisine, puis se posta derrière la porte d'entrée et écouta.

Beigler avait demandé la clé de la victime au concierge ; celui-ci avait haussé les épaules d'un air indifférent lorsque le policier lui avait annoncé sa mort. Aux questions du sergent, il avait répondu que tout ce qu'il savait d'elle, c'était qu'elle s'appelait Marsh, qu'elle payait régulièrement son terme, qu'on ne la voyait jamais le matin, qu'elle sortait l'après-midi et ne rentrait que très tard dans la nuit. Elle n'avait pas beaucoup de courrier et peu de visiteurs.

Hess bâilla à se décrocher la mâchoire et pénétra dans l'ascenseur, suivi de Beigler. Ils appuyèrent sur le bouton du dernier étage.

Le salon de Muriel Marsh Devon était bien meublé, avec un gros poste de télévision dans un coin. Dans la chambre, un grand lit et deux armoires assorties, et une coiffeuse. Deux photos étaient bien en évidence dans un cadre d'argent : un beau brun qui avait à peine passé la trentaine, et une jeune fille blonde de seize ou dix-sept ans, aux traits fins et intelligents, avec un petit nez insolent, une grande bouche et les cheveux coupés à la garçonne.

Une fouille minutieuse de tous les tiroirs de l'appartement ne leur livra guère qu'un lot de notes non réglées et de lettres à en-tête du *Collège mixte Graham, Miami,* commençant par « Maman Chérie » et se terminant par « Je t'embrasse de tout mon cœur, Norena ». Hess trouva plusieurs spécimens de l'écriture de la morte qu'il compara avec le mot qu'il avait trouvé dans son sac. L'écriture semblait la même.

Beigler, qui avait lu certaines des lettres de la jeune Norena, jeta un coup d'œil à Hess.

— Ça doit être sa fille, dit-il en désignant la photo sur la coiffeuse. Elle a l'air d'une brave gosse. Je me demande qui est son père.

— Peut-être que le nabot le sait. Allons le trouver. Il habite en face.

Les deux hommes quittèrent l'appartement, traversèrent le palier et Hess sonna à la porte d'Edris.

Edris ne tarda pas à ouvrir et les regarda, l'air étonné.

— Oh ! dit-il en reculant. Entrez, messieurs. Je suis en train de faire du café. En voulez-vous une tasse ?

— Ce n'est pas de refus, dit Beigler.

Les deux policiers entrèrent dans le living.

— Pas encore couché, Ticky ? demanda Hess.

— Il me faut mon café pour dormir. J'en ai pour une seconde.

Edris fit une pirouette et disparut dans la cuisine.

— C'est gentil, ici, hein ? fit Hess en inspectant la pièce. Tu te rends compte. Il s'est fait faire un fauteuil sur mesure !

— Et pourquoi pas ? répondit Beigler en s'asseyant sur le sofa. Ça te dirait d'être nain ?

Hess réfléchit, haussa les épaules et s'assit.

— Quelle question ! Je ne le suis pas.

Edris revint, portant un plateau avec une cafetière. Il versa le café dans trois tasses, servit ses visiteurs, s'assit dans son fauteuil et posa les pieds sur le tabouret.

Les trois hommes soufflèrent sur leur café en buvant à petites gorgées. Beigler, qui se piquait d'être un amateur, fit un signe d'approbation.

— Fameux, ce café ! dit-il. Juste ce qu'il faut.

— Pour faire un bon café, voyez-vous, répondit Edris en souriant, il faut...

— T'occupe pas du café, le coupa Hess. Voyons plutôt ce que tu sais sur cette femme. C'est la photo de son mari qui se trouve dans sa chambre à coucher ?

Edris était bien trop malin pour tomber dans ce piège.

— Je ne sais pas. Je ne suis jamais allé dans sa chambre.

Hess se leva, le regarda, traversa le corridor et alla prendre les deux photos. Il revint et les montra à Edris.

— Qui est-ce ?

— Ce n'est pas son mari. C'est la gars avec qui elle s'en enfuie il y a des années. Il s'appelait Henry Lewis. Il s'est tué dans un accident de voiture, il y a une quinze d'années.

— C'est sa fille ?

— Oui.

— Où est-elle ?

— Au collège Graham, à Miami.

— Son mari est vivant ?

— Oui.

— Comment s'appelle-t-il ?

— Melville Devon.

— Tu sais où il habite ?

— Quelque part à Paradise City, mais je ne pourrais pas vous dire où.

— Tu dis qu'elle s'est enfuie avec ce Lewis ? Elle a plaqué son mari pour lui ?

— Oui. D'après ce qu'elle m'a raconté, elle ne s'entendait plus avec Devon. C'était un gars sérieux qui travaillait dur. Elle s'ennuyait avec lui. Deux ans après son mariage elle a rencontré Lewis. Il avait de l'argent ; elle est partie avec lui. Ça se passait il y a quinze ans. Elle a emmené son bébé. Lewis aimait les enfants. Ils ont été heureux un an et puis il s'est tué.

— C'est elle qui t'a raconté tout ça ? demanda Hess.

— Oui. Quand elle avait le cafard, elle venait me rendre visite. Elle restait parfois des heures sans ouvrir la bouche ; puis elle se mettait à parler, à parler sans pouvoir s'arrêter. Quand Lewis est mort, elle s'est retrouvée sans un sou. Ils devaient se marier dès que Muriel aurait pu divorcer. Elle a mis le bébé en nourrice et elle s'est mise à travailler dans un hôtel, à la réception. (Edris s'arrêta pour terminer son café. Il s'en reversa une tasse et poussa la cafetière vers Beigler.) Elle a rencontré des gens louches. Au bout de quelque temps, elle a commencé à se piquer. Elle s'est fait renvoyer de l'hôtel. Comme elle n'avait pas d'argent pour se piquer, elle a fait le trottoir. Un vieux l'a installée dans un appartement. Elle n'a pas trop mal vécu pendant cinq ans, jusqu'au jour où le vieux a cassé sa pipe. Alors, elle a mis Norena... c'est le nom de sa gamine... en pension. Elle ne se voyaient que pendant les vacances. Elle ne pouvait plus se passer de la drogue. Alors, elle a quitté New York pour venir ici. C'est à ce moment-là que Johnnie Williams est arrivé. (Edris s'interrompit de nouveau et considéra Hess.) Vous feriez bien de lui parler. Il en sait plus que moi sur Muriel.

Hess se versa une seconde tasse de café.

— Williams est mort. Elle l'a tué. Comment se fait-il qu'elle ne t'en ait pas parlé, Ticky ? Elle te racontait tout, non ? Pourquoi ne t'a-t-elle pas dit qu'elle lui avait tiré cinq balles dans la peau avant de venir à « La Coquille » ?

Edris demeurait immobile. Un nuage assombrit ses grands yeux. On eût dit des yeux d'épagneul.

— Elle ne m'a rien dit. Je me doutais qu'un malheur était arrivé, mais elle était ivre. Je ne comprenais rien à ce qu'elle disait. Alors, comme ça elle l'a tué ! Bah ! ça devait finir comme ça. C'était un beau salaud !

— Pourquoi est-ce que ça devait finir comme ça ? demanda Beigler.

— Elle était aux pieds de ce salaud. Elle l'entretenait. Elle lui payait ses vêtements, son loyer. Elle était folle de lui. Il la saignait à blanc. Depuis six mois, il chassait les vieilles peaux de l'hôtel Palace. Il en avait trouvé une, pleine aux as. Muriel était justement fauchée à ce moment-là. Elle se droguait tellement qu'elle ne trouvait même plus de clients. Elle devait payer la note de la pension et la drogue. Johnnie avait beaucoup de fric. Quand elle a essayé de lui en emprunter, il a éclaté de rire. J'ai l'impression qu'il a un peu trop ri.

— Et la fille ? Est-ce qu'elle se doute de ce qui se passe ?

— Non. Muriel partait en croisière avec elle pendant les vacances. Elle ne voulait pas que Norena vienne trop souvent chez elle. Elle comptait l'emmener aux Antilles pendant les prochaines vacances, mais elle n'avait pas d'argent et Johnnie ne voulait pas lui en donner.

— Toi qui étais son meilleur ami, Ticky, tu ne lui en as pas prêté ?

— Je lui en ai offert, mais elle a toujours refusé.

— Pourquoi, puisque tu étais son confident ?

Edris jeta un regard glacé à Hess :

— Elle devait penser que j'étais encore plus à plaindre qu'elle. Elle ne m'a jamais considéré comme un être humain. Je n'étais que... qu'un objet à qui elle pouvait parler.

— Elle te disait qu'elle avait pitié de toi ? demanda Hess d'un ton sarcastique.

— Oui.

— Mais tu as bien un peu d'argent de côté, non ?

— Vous savez, mon salaire ne me permet pas d'économiser grand-chose, répondit Edris.

— Voyons ! Avec toutes tes combines, je parie que tu fais pas mal de pourboires.

— Ça suffit, Fred ! coupa Beigler. Ça ne nous mène nulle part.

— Je me le demande. Ce petit monstre est un peu trop malin, j'ai l'impression, rétorqua Hess en jetant à Edris un regard venimeux. Muriel n'a pas lâché un mot qui pouvait laisser supposer qu'elle avait tué Williams ?

— Non.

Hess ouvrit un paquet de chewing-gum.

— Elle avait un revolver, Ticky ?

— Je ne pense pas, mais c'est possible. Je n'en sais rien.

— Qui c'est, le type qui lui refilait la drogue ?

— Je ne sais pas.

— Ça ne serait pas toi, par hasard ?

— Non.

Hess fourra le chewing-gum dans sa bouche, contempla un moment ses grosses mains, puis haussa les épaule. Il se leva :

— Bon, ça sera tout pour aujourd'hui. Tu ne vois pas d'autre question à lui poser, Joe ?

— Non, répondit Beigler en se levant.

— Alors, on s'en va !

Les deux policiers se dirigèrent vers la porte. Edris resta dans son fauteuil, les pieds sur le tabouret, le regard fixé sur eux.

— Merci pour le café, dit Beigler une fois arrivé à la porte.

— Fais attention où tu mets les pieds, demi-portion, dit Hess.

Ils sortirent et refermèrent la porte derrière eux.

Edris resta immobile plusieurs minutes, le visage en feu. Ses yeux brillaient, ses doigts boudinés égratignaient les bras de son fauteuil, tandis qu'il s'efforçait de refouler sa colère.

Un peu plus tard, lorsque les aiguilles de sa montre indiquèrent sept heures quinze, il se leva et se dirigea vers le téléphone. Il composa un numéro. En attendant la communication, il alluma une cigarette.

— Ici le collège mixte Graham, répondit une voix de femme.

— Je voudrais parler au directeur, dit Edris. C'est très urgent

— Qui est à l'appareil ?

— Je m'appelle Edward Edris. Il s'agit d'une affaire qui concerne une de vos élèves, Norena Devon. C'est très urgent.

— Une seconde, s'il vous plaît.

Edris tira quelques bouffées de cigarette, puis une voix masculine dit :

— Allô ! Wilbur Graham, à l'appareil.

— Monsieur le Directeur, je m'appelle Edward Edris. Je suis un ami des Devon. Norena me connaît bien. Sa mère vient d'avoir un grave acccident.

— Je suis désolé. Que dois-je faire, monsieur Edris ?

— Voulez-vous prévenir Norena ? Ne lui dites pas que c'est grave ; dites-lui simplement que sa mère a eu un accident, monsieur Graham, il se trouve que M. Stanley Tebell, l'avocat de Mme Devon, est en ce moment à Miami. Je viens de lui parler. Comme il s'apprête à rentrer à Paradise City, il pourrait ramener Norena. Cela gagnerait du temps. Sa mère la réclame.

Edris attendit. L'instant était dramatique. C'était le point crucial de ce dialogue. Graham allait-il accepter ou faire des objections ?

— Monsieur... Comment l'appelez-vous ? demanda Graham au bout d'un moment.

— Stanley Tebell.

— Est-ce que Norena connaît cette personne ?

— Elle a dû entendre parler de lui, mais je ne pense pas qu'elle l'ait rencontré. Je comprends vos scrupules, monsieur le Directeur. On ne laisse pas une jeune fille de dix-sept ans partir avec un inconnu. J'apprécie votre prudence, mais je vous assure que le temps presse. Pour ne rien vous cacher, la mère de Norena est à l'agonie. Ecoutez, si vous préférez, dites à Norena que j'ai téléphoné... Elle me connaît bien. Demandez-lui de m'appeler et je lui expliquerai qui est M. Tebell. Mon numéro de téléphone est Seacombe 556.

Il y eut un nouveau silence, puis Graham reprit :

— C'est inutile, monsieur Edris. Je demanderai à Norena d'accompagner M. Tebell dès qu'il arrivera. Je suis désolé de ce malheur.

— Merci, monsieur le Directeur.

— Norena sera prête à partir dans une demi-heure. A bientôt, monsieur Edris.

Il raccrocha. Edris également. Un méchant sourire éclaira son visage. Soudain, il se mit à sauter et à danser une danse cosaque en battant des mains et en poussant des « hurrah ! » de sa voix de fausset.

Il dansa ainsi un bon moment tout autour de la pièce, comme un petit démon échappé d'un cauchemar.

Wilbur Graham faisait les cent pas dans son grand bureau, ses mains osseuses nouées dans le dos. La cinquantaine, le cheveu rare, il paraissait éreinté. On était à trois jours de la fin du semestre et il avait encore beaucoup à faire, mais il savait bien qu'il ne pourrait se mettre au travail avant d'avoir réglé cette triste affaire de Norena Devon, une de ses élèves les plus sympathiques.

Il avait déjà vu la jeune fille et lui avait annoncé la nouvelle. Il lui avait expliqué que l'avocat de sa mère passerait la prendre d'un instant à l'autre.

Norena n'était pas particulièrement jolie. Elle portait des lunettes à monture de plastique bleu et elle avait le teint pâle, mais elle avait un corps robuste et de longs cheveux brillants et soignés.

— Est-ce que... est-ce qu'elle va mourir ? avait-elle demandé.

— Elle est grièvement blessée, Norena. Soyez courageuse. Si elle était en danger, je crois que M. Edris me l'aurait précisé, mais il est probable qu'elle est assez mal.

Graham n'avait pas eu le courage de lui dire la vérité. Il faisait toujours les cent pas lorsque la bonne annonça M. Stanley Tebell.

— Faites-le entrer.

Phil Algir arriva, son chapeau de paille à la main. Sa belle tête, son air discrètement chagrin, juste ce qui convenait, et une nuance de respect, plurent immédiatement à Graham. Sa mise lui valut également l'approbation du directeur. C'était manifestement un homme sur qui l'on pouvait compter et dont la sincérité se lisait sur ses traits.

— Je suis désolé de vous déranger si tôt, dit Algir de sa belle voix chaude. (Il se permit un léger et discret sourire.) J'imagine qu'à la veille d'une fin de semestre, vous devez être débordé, mais étant donné les tristes circonstances que vous savez, j'ai pensé que je devais venir immédiatement.

— Mais vous avez bien fait. Asseyez-vous. Comment va Mme Devon ?

Algir s'assit et hocha la tête :

— Je crains que son état ne soit désespéré. Avez-vous annoncé la triste nouvelle à Norena ?

— Oui, bien sûr. Elle est bouleversée, mais je lui ai laissé un espoir.

— Je crains qu'il n'y en ait plus. Nous devons nous hâter. Nous risquons d'arriver trop tard.

— Elle doit être prête maintenant, dit Graham en appuyant sur une sonnette de son bureau. A quel hôpital se trouve Mme Devon ?

Algir s'attendait à cette question. Il répondit sans hésiter :

— Je l'ignore. Tout cela est arrivé si vite... M. Edris a oublié de me le préciser. C'est chez lui que nous irons d'abord, et ensuite nous nous rendrons tous à l'hôpital. Naturellement, nous vous tiendrons au courant, monsieur le Directeur.

Une surveillante frappa et entra.

— Pourriez-vous dire à Mlle Devon que nous sommes prêts ? lui dit Graham.

Algir se leva et se dirigea vers la grande baie. Il s'agissait de détourner l'attention de Graham et d'éviter les questions embarrassantes. Il contempla les terrains de l'école.

— Votre site est merveilleux. Je suis heureux de le voir. Souvent mes clients me demandent de leur recommander une bonne école où envoyer leurs filles. Je leur parlerai de votre établissement.

— C'est très gentil de votre part, monsieur Tebell, répondit Graham, rayonnant. Voulez-vous prendre quelques brochures sur notre institution ?

— Certainement.

Graham lui tendit quelques dépliants qu'Algir se mit à étudier. Les questions qu'il posait empêchaient son interlocuteur de revenir à Norena.

Enfin, on frappa à la porte. Graham alla ouvrir.

— Entrez, Norena, dit-il. M. Tebell est arrivé.

La jeune fille obéit et demeura, l'air gauche, sur le seuil de la pièce. Elle portait une jupe grise plissée, une chemisette blanche, un petit chapeau noir et des chaussures vernies, et tenait un manteau court, plié sur son bras. Elle ressemblait tout à fait à une collégienne sérieuse habillée pour sortir.

Graham se rendit compte qu'elle avait pleuré. Elle avait les yeux rouges et les paupières gonflées. Elle était très pâle, mais au prix d'un effort, elle parvint à sourire à Algir lorsqu'il vint au-devant d'elle en esquissant un sourire amical mais contraint.

— Nous ne nous sommes jamais rencontrés, Norena, dit-il en lui tendant la main. Je m'occupe des affaires de votre mère depuis un certain temps. Elle m'a souvent parlé de vous. J'aurais souhaité faire votre connaissance dans d'autres circonstances.

— Oui, monsieur Tebell, dit-elle en détournant la tête pour essayer de dominer l'émotion qui la gagnait.

Algir se tourna vers Graham.

— Je vous téléphonerai dès que j'aurai des nouvelles. Norena, la voiture est devant la porte, dit-il. Je vous y rejoins.

— Au revoir, Norena, dit Graham en prenant la main de la jeune fille. Ne vous faites pas de soucis, mon petit. Tout va s'arranger, vous verrez.

— Au revoir, monsieur le Directeur. Et merci…

Elle quitta la pièce.

— Ses bagages sont prêts ? demanda Algir. Je ne pense pas qu'elle revienne. C'est son dernier semestre, n'est-ce pas ?

— Oui, c'est son dernier semestre. Elle a juste eu le temps de faire sa valise. Nous lui enverrons le reste de ses affaires chez sa mère.

— Parfait. Il est temps de partir. Espérons...

Les deux hommes se serrèrent la main. Puis Algir descendit rapidement l'escalier et monta dans la Buick où Norena était déjà installée.

Il conduisit prudemment dans Miami. Il brûlait d'appuyer sur l'accélérateur, mais il savait que le moindre accrochage, la moindre entorse au code risquaient de compromettre le projet le plus extraordinaire qu'il ait jamais élaboré pour rafler un gros magot.

— Monsieur Tebell, est-ce que ma mère est grièvement blessée ?

— C'est assez grave, oui, je crois. Mais il faut attendre le verdict des médecins.

— Elle a été renversée par une voiture ?

— Oui. Elle a traversé sans regarder et le chauffeur n'a pas pu l'éviter.

— Est-ce que... est-ce qu'elle avait bu ?

Algir se raidit. Il jeta un coup d'œil à la jeune fille. Pâle, le visage volontaire, elle fixait la route devant elle.

— Bu ? Qu'est-ce que vous voulez dire ? Ce n'est pas gentil de dire ça de votre mère, Norena.

— Maman compte plus pour moi que n'importe qui au monde, expliqua la jeune fille dans un élan tellement passionné qu'Algir en frémit. Je la comprends. Je sais tous les malheurs qu'elle a eus. Je sais qu'elle a fait tout ce qu'elle a pu pour moi et qu'elle s'est sacrifiée. Je sais aussi qu'elle boit. Est-ce qu'elle avait bu ?

Algir se sentit gêné :

— Non, finit-il par répondre. Ecoutez, Norena, il faut que je réfléchisse : j'ai un procès à plaider. Restez tranquille, voulez-vous ? Et ne vous faites pas de soucis. Nous serons au chevet de votre mère dès que possible... D'accord ?

— D'accord. Excusez-moi...

Algir tressaillit. Ses grandes mains bronzées se crispèrent sur le volant. Il ne voulait pas connaître cette jeune fille. Elle devait rester pour lui une étrangère comme l'avait été Johnnie Williams. Il n'avait pas été gêné d'entrer dans la chambre de Williams et de lui tirer cinq balles dans le cœur. Il ne le connaissait pas. C'était comme s'il avait tiré sur un mannequin. S'il laissait cette fille lui parler, si un dialogue s'établissait entre eux, il n'aurait peut-être pas le courage de la liquider. Déjà, les quelques mots qu'elle lui avait dits l'avaient troublé. Il sentait une sueur froide perler à son front et sur sa nuque, et un sentiment d'horreur monter en lui.

Il avait fini par sortir des encombrements de Miami et abordait l'autoroute. Il se pencha en avant, le regard fixé sur la route, et accéléra.

L'avion de nuit en provenance de New York atterrit à l'aéroport de Miami à l'heure prévue. Quand les passagers arrivèrent dans le hall, les aiguilles de l'horloge marquaient sept heures trente.

Parmi les passagers se trouvait une jeune fille de dix-sept ans au visage fin sous un fichu blanc.

Une veste en daim vert bouteille et un fuseau noir mettaient en valeur son corps svelte et déjà provocant. Les seins hauts, les fesses rondes, tous les regards des hommes finissaient par se poser sur elle.

L'œil bleu, dur, la cigarette aux lèvres, elle toisait ceux qui la regardaient d'un air de défi.

Ira Marsh, sœur cadette de Muriel Marsh Devon, avait été élevée dans un taudis de Brooklyn. Sa sœur, de vingt-deux ans son aînée, avait quitté la maison et disparu avant la naissance d'Ira. Sa mère avait eu onze enfants ; Ira était la dernière du lot. Quatre des garçons s'étaient tués en bloc dans un accident d'automobile : ils étaient tous complètement saouls ; deux autres étaient en prison pour attaque à main armée ; quatre des filles, y compris Muriel, avaient simplement quitté le taudis qui leur avait servi de foyer et n'avaient plus jamais donné signe de vie. Si Ticky Edris ne s'en était pas mêlé, Ira n'aurait jamais su que sa sœur aînée était une prostituée qui se droguait. D'ailleurs, elle s'en foutait. Elle n'avait pas plus d'affection pour ses frères et sœurs que pour son père, vieux satyre alcoolique qui avait voulu la violer plusieurs fois.

Un soir, quatre mois auparavant, un nain l'attendait devant chez elle, tout souriant, dans une Mini Cooper rouge.

Lorsqu'il l'aperçut, le nain descendit de voiture et se planta devant elle. Il portait une veste de sport marron avec des poches à soufflet, un pantalon de flanelle grise et une casquette de base-ball marron ramenée sur l'œil droit.

— Si vous êtes Ira Marsh, avait-il dit avec un beau sourire, j'aimerais vous parler...

Elle avait regardé l'avorton d'un air dégoûté.

— Ça va, Tom Pouce, on m'a défendu de parler aux petits garçons.

Edris avait éclaté de rire.

— Il s'agit de ta sœur Muriel. Et ne monte pas sur tes grands chevaux, la môme. Muriel est une de mes amies.

Déjà, les femmes, accoudées à leur fenêtre, observaient la scène avec intérêt. Les gosses avaient interrompu leurs jeux et commençaient à s'attrouper en montrant le nain du doigt et en se poussant du coude.

Ira s'était vite décidée. Elle ne connaissait sa sœur que de nom. Elle eut brusquement envie d'en savoir davantage sur elle. Elle monta dans la voiture. Edris s'installa au volant, démarra et descendit la rue, suivi par une horde hurlante de gamins surexcités.

— Je m'appelle Ticky Edris, dit-il en conduisant. Je suis en train de monter une petite affaire qui pourrait nous rapporter, à toi comme à moi, pas mal de fric.

— Pourquoi moi ? demanda Ira. Je ne te connais pas.

— Moi, je te connais à fond, rétorqua Edris.

Il ralentit devant un terrain vague et s'arrêta.

Un mois auparavant, un jour de cafard, Muriel avait parlé de sa benjamine.

— Je ne l'ai même jamais vue, avait-elle expliqué. Si je n'avais pas rencontré par hasard un de nos voisins, j'aurais toujours ignoré son existence. Vous vous rendez compte ! Une petite sœur qui a le même âge que ma fille et que je n'ai jamais vue !

Ce fut ce commentaire qui fournit à Edris la clé

d'un problème qu'il avait considéré jusqu'alors comme insoluble. Il s'était adressé à une agence de renseignements de New York et lui avait demandé un rapport complet sur une jeune fille de dix-sept ans nommée Ira Marsh. Moyennant deux cents dollars, l'agence lui envoya un rapport de cinq pages qui fournit à Edris tous les renseignements dont il avait besoin et le persuada que, s'il savait prendre cette fille, son problème était pratiquement résolu.

Le rapport lui apprit entre autres qu'Ira Marsh avait un sacré tempérament. Elle était considérée comme délinquante juvénile par la police, mais elle avait été assez maligne pour ne jamais se faire traîner devant un magistrat. Elle était réputée comme voleuse à la tire et les détectives des grands magasins ne la quittaient pas des yeux quand ils la voyaient entrer. Elle faisait partie du gang des Mocassins, un groupe de jeunes voyous perpétuellement en bagarre contre la police et les gangs rivaux du quartier. Le chef des Mocassins était un nommé Jess Farr, jeune bandit de dix-huit ans qui s'était, à coups de couteau et de matraque, élevé au rang qu'il occupait. Six mois auparavant, Farr fréquentait une certaine Leya Felcher, une jolie garce du même âge que Farr. Ira avait jeté son dévolu sur Farr et prétendait détrôner Leya. Dans la cave d'un entrepôt, en présence de tous les mâles du gang, les deux filles, nues jusqu'à la ceinture, s'étaient battues comme des tigresses, l'enjeu du combat étant les faveurs de Farr.

Ira s'y était préparée avec le sérieux d'un champion olympique. Pendant trois semaines, elle avait mené une vie de Spartiate et fréquenté le gymnase de Mulligan, dirigé par un vieux boxeur qu'elle avait mis dans le secret et qui l'avait entraînée comme pour un championnat du monde, avec la certitude qu'elle gagnerait.

Devenue la maîtresse de Farr, Ira était de toutes les bagarres et devint la personnalité la plus forte et la plus dangereuse des Mocassins.

« Une fille qui ne reculera devant rien pour parvenir à ses fins, concluait le rapport. Quand elle n'a pas d'argent, ce qui est rare, elle travaille à mi-temps pour Joe Slesser, un bookmaker qui apprécie ses talents. C'est lui qui lui a appris à manipuler les machines à calculer. »

Ira Marsh semblait donc la personne rêvée pour la mission délicate qu'Edris lui réservait. Et, plus il l'observait, plus il était convaincu qu'elle ferait l'affaire.

— J'ai fait faire une enquête sur toi, cocotte. Ce que j'ai appris me plaît. Est-ce que tu veux gagner un beau petit paquet d'oseille ?

Ira avait observé le nain, elle aussi. Son instinct lui disait que ce petit monstre ne plaisantait pas.

— Ça dépend de deux choses, répondit-elle. La somme et le boulot.

Edris caressa le volant de ses doigts boudinés et sourit :

— Tu aimes le jeu, petite ?

— Des fois, oui.

— Combien veux-tu ?

— Le maximum.

— Ce n'est pas ce que je veux dire. Est-ce qu'il t'arrive de rêver à de l'argent ? Moi, oui. Je rêve toujours que je suis riche. Pas toi ?

— Si, bien sûr.

— Combien tu aimerais avoir ?

— Plus que ce que tu pourrais jamais me donner.

— Mais combien ?

— Un million de dollars.

— Un million seulement ? demanda Edris en riant. Tu es trop modeste. Pourquoi pas dix millions... vingt millions, pendant que tu y es ?

Elle jeta un coup d'œil à sa montre-bracelet bon marché.

— Bon, maintenant on a assez joué, dit-elle. Il faut que je rentre à la maison dans dix minutes. J'ai un rancart, ce soir.

— Et si je t'expliquais comment gagner cinquante mille dollars ? reprit doucement Edris. Est-ce que tu serais prête à prendre des risques ?

Elle le regarda et comprit qu'il ne plaisantait pas. Elle sentit soudain son cœur battre plus vite.

— Quels risques ? demanda-t-elle. J'ai rien à perdre.

— Mais si. Tu possèdes la même chose que moi et c'est ça que je vais risquer. Tout dépend de la valeur que tu lui donnes. Cinquante mille dollars, ça fait un joli paquet. Les risques ne sont pas très grands, mais ils existent. Est-ce que tu es prête à risquer ta liberté pour ce prix-là ?

— Ma liberté ? Tu parles ! (Elle éclata de rire.) Je ferais n'importe quoi pour cinquante mille dollars !

— Alors je crois que tu vas les gagner, mon petit, déclara Edris en hochant la tête d'un air satisfait. J'ai une mission très particulière pour toi.

— Laquelle ?

— Avant de te le dire, il faut que je t'explique l'affaire.

C'est là qu'elle avait appris l'existence de sa sœur, son mariage, sa fuite avec le bébé et comment elle était devenue une prostituée.

— Ta sœur se drogue, avait conclu Edris. Elle est foutue. Elle n'en a plus que pour trois ou quatre mois... C'est un cadavre ambulant.

Ira se pencha en avant, le visage dans les mains, les coudes sur les genoux, le regard fiévreux ; elle avait oublié son rendez-vous avec Jess. Elle était sous le charme de la voix flûtée qui distillait le poison dans ses oreilles.

A la fin, Edris lui expliqua ce qu'il attendait d'elle. Ça ressemblait à un scénario de film et, d'abord, elle se dit qu'elle avait affaire à un fou, un monstre et un débile mental. Mais, à mesure qu'il lui exposait son projet, elle se disait que ça pouvait peut-être réussir et que, si ça marchait, la fortune était au bout.

— Il n'a jamais vu sa fille, conclut Edris. Il n'a jamais entendu parler d'elle depuis seize ans. C'est frappant comme tu ressembles à Muriel, il s'en rendra bien compte. De ce côté-là, il n'y a rien à craindre. Il te prendra tout de suite pour sa fille. Tu es bien d'accord, n'est-ce pas ?

Oui, elle était d'accord. Elle savait, d'après ce que sa mère lui avait dit, qu'elle ressemblait à Muriel au même âge.

— Mais la fille ? Celle que je dois doubler ? avait-elle demandé. Qu'est-ce qu'elle va faire, si elle entend parler de moi ?

— Elle n'en entendra pas parler, dit Edris en se frottant les mains. Elle est morte. La semaine dernière. C'est justement pour ça que je suis ici. Si elle était vivante, on ne pourrait rien faire. C'est seulement quand Muriel m'a annoncé qu'elle était morte que j'ai imaginé ce plan. (Il la regarda dans les yeux pour voir si elle gobait ce mensonge.) Même maintenant, on ne pourra rien faire tant que Muriel n'est pas morte. Mais ça ne tardera guère... Trois, ou quatre mois au plus.

— Comment la fille est-elle morte ? demanda Ira d'un air gêné.

— Elle s'est noyée ; une crampe, répondit Edris d'un air détaché.

— Et pour Muriel, on ne peut rien faire ?

— Non. C'est comme si elle était déjà morte.

Ira garda le silence, les yeux fixés devant elle. Edris eut un geste d'impatience.

— Alors, est-ce que tu marches ? Les risques ne sont pas grands.

— Je vais voir. Faut que je réfléchisse. Reviens dimanche et je te donnerai ma réponse.

— Je ne peux pas revenir de Paradise City, mon petit. J'ai pris ces deux jours sur mon congé annuel. Il faut que je gagne ma vie. (Il tira une carte de visite de son portefeuille.) Voilà mon adresse. Envoie-moi un télégramme quand tu auras réfléchi. Un télégramme très court : Oui ou non. Ça ne presse pas. On ne peut rien faire avant la mort de Muriel. On aura tout le temps de se préparer, et une affaire comme celle-là, ça se prépare.

Elle songeait à cette première rencontre avec Edris en traversant le hall de l'aéroport et en se dirigeant vers les cars. Depuis, elle l'avait revu deux fois. Il avait beaucoup amélioré son projet pendant ces quatre mois, et maintenant elle ne voyait vraiment pas comment ça pourrait échouer. Elle avait quitté son père en lui expliquant qu'elle avait trouvé une place loin de New

York et qu'elle ne reviendrait pas. Il était trop saoul pour protester. Son seul regret, c'était de quitter Jess Farr. Elle ne lui avait pas dit ce qu'elle comptait faire ; il lui aurait posé trop de questions. Elle se disait qu'il devait y avoir beaucoup d'hommes mieux que lui et plus intéressants à fréquenter quand on possède cinquante mille dollars. C'était ce qu'elle se disait, mais, au fond, elle n'y croyait pas. Elle s'était rendu compte qu'elle en pinçait vraiment pour Jess et qu'il allait lui manquer.

Elle sortit de l'aéroport et franchit, sous les regards intéressés des hommes, dans le soleil naissant, les trente mètres qui la séparaient du car de Seacombe.

CHAPITRE III

— Mais ce n'est pas la route de Paradise City !

Cela faisait près d'une demi-heure qu'ils roulaient en silence sur l'autoroute. Algir avait ralenti tout à coup et lancé la Buick sur une petite route étroite, bordée de citronniers.

— Mais si, c'est par là, répondit-il brièvement en appuyant légèrement sur l'accélérateur.

— Mais non, je vous assure, s'écria Norena d'une voix aiguë. Je connais cette route... elle mène à l'océan. Vous vous êtes trompé, monsieur Tebell.

— Qu'est-ce que vous lui reprochez, à l'océan ? demanda Algir en regardant devant lui.

Il ne pouvait se résoudre à regarder la jeune fille.

La semaine précédente, il avait longuement prospecté la région à la recherche d'un lieu isolé où il pourrait assassiner cette fille et se débarrasser de son cadavre. La route sur laquelle il se trouvait maintenant conduisait à l'endroit qu'il avait repéré. Il avait pris cette route tous les jours à la même heure pendant cinq jours et il n'avait jamais vu personne ni sur la route ni sur la plage.

Il n'y avait guère que le samedi et le dimanche que les gens venaient y pique-niquer et se baigner.

— Mais nous perdons du temps en passant par ici, monsieur Tebell, je veux voir maman le plus tôt possible. Faites demi-tour, je vous en prie.

— Mais on y va par là. Je ne vous ai jamais dit qu'elle était à Paradise City.

— Elle n'y est pas ? Mais alors, où est-elle ?

— A l'hôpital de Culver, mentit Algir. C'est un raccourci qui mène à Culver.

— Ce n'est pas vrai ! Je connais cette route. Elle mène aux dunes et à l'océan.

— Laissez-moi faire, Norena, dit Algir avec une soudaine note de violence dans la voix. Je sais ce que je fais.

Norena le regarda, et elle sentit un frisson de terreur la parcourir. Comment un être humain pouvait-il se transformer à ce point ? Il n'y avait plus rien de commun entre l'homme si charmant qu'elle avait rencontré dans le bureau du directeur et celui qui l'emmenait maintenant vers l'océan qu'ils apercevaient droit devant eux.

Un héron, effarouché par la voiture, quitta un arbre et prit son vol lourd. Devant eux, Norena aperçut l'océan.

Les citronniers avaient cédé la place à des herbes hautes qui s'inclinaient comme des doigts sinistres sous la caresse tiède du vent.

— Je vous en prie, arrêtez-vous ! implora Norena. Je vous en prie...

A cent mètres devant eux, la route aboutissait à un rond-point qui devait servir de parking pendant les week-ends.

Algir ralentit ; elle se tourna vers lui. Il avait les

traits tirés, le visage inondé de sueur et les yeux fixes. Ses lèvres n'étaient plus qu'une ligne cruelle. La vue de ce visage la terrorisa. Elle comprit d'instinct qu'il allait l'agresser.

Elle avait souvent lu dans les journaux des histoires de viol et de meurtre. Elle les avait lues sans beaucoup d'intérêt, convaincue que ce genre de chose ne lui arriverait jamais. Elle estimait que la plupart des jeunes filles assassinées l'avaient cherché, par leur façon de s'habiller et de se comporter. Mais que lui voulait cet homme ? Qu'avait-elle fait ? Était-il un de ces obsédés dont elle avait entendu parler ? Ce n'était pas possible. C'était l'avocat de sa mère. Au fait, sa mère avait donc un avocat ? Elle ne lui en avait jamais parlé. Norena fixa de nouveau Algir, qui avait arrêté la voiture et retirait la clé de contact.

Il ne la regardait pas. Il craignait qu'elle ne lise ses intentions dans ses yeux. Ses mouvements étaient lents et décidés. Elle remarqua que sa main tremblait en retirant la clé de contact.

La plage, avec son horizon de dunes, ses touffes d'herbe jaunie et son large ruban de sable humide à marée descendante, était déserte sur des kilomètres. Le vent avait fraîchi et chassait le sable en petits tourbillons qui, à la longue, formaient les hautes dunes qui rompaient la monotonie de la plage.

Elle ouvrit la portière et se retrouva dehors.

Algir avait laissé échapper sa proie. Elle sentit ses mains glisser sur elle, mais elle lui échappa et s'élança sur le sable doux.

Elle n'avait jamais couru aussi vite de sa vie, et elle avait un sérieux entraînement. Elle faisait partie des équipes de hockey et de basket-ball, et elle avait gagné le cent mètres lors d'une compétition scolaire.

Algir, surpris, la regarda filer.

Si elle s'échappait, elle irait tout raconter !

Il sortit précipitamment de la voiture et s'élança à sa poursuite. Elle lui avait déjà pris une bonne centaine de mètres et la distance augmentait. Qui aurait pu penser que cette petite garce courait aussi vite ? Elle semblait voler sur le sable comme une gazelle. Il était déjà essoufflé. En fait de sport, il faisait une partie de golf de temps en temps... Il comprit qu'il n'avait aucune chance de la rattraper. Elle finit par disparaître derrière une haute dune.

Il courut jusqu'à la dune. Il haletait : son cœur battait à tout rompre. Il escalada la dune tant bien que mal et s'arrêta, les yeux brûlés par la sueur.

Il aperçut la petite silhouette de Norena qui se détachait au loin sur le bleu du ciel. Elle courait toujours à longues foulées aisées, mais elle avait changé de direction. Au lieu de courir droit devant elle en longeant l'océan, elle avait obliqué à droite et, tournant le dos à la mer, allait s'enfoncer dans l'intérieur. Là, le terrain était couvert de taillis touffus, d'où surgissaient, çà et là, un chêne, un saule ou un érable.

Algir avait exploré ce secteur quelques jours auparavant. Dans ces fourrés, un sentier décrivait un arc de cercle qui débouchait finalement sur la petite route qu'il avait prise en quittant l'autoroute.

Savait-elle que ce sentier rejoignait la route ? Il saisit immédiatement l'occasion qui s'offrait de la rattraper. C'était sa dernière chance. Il dévala la dune et courut vers la Buick.

En quelques minutes, il atteignit l'endroit où le sentier débouchait sur la route. Il gara la voiture sous un saule, ôta sa veste et s'élança sur le sentier. Il se retourna pour voir la Buick, mais les taillis la dissimulaient. Satisfait, il hocha la tête et se cacha derrière un buisson. De sa cachette, il voyait le sentier sur une vingtaine de mètres.

Il n'avait plus qu'à attendre.

Il songea à Ticky Edris et à cette fille, Ira Marsh, dont Ticky paraissait tellement satisfait. Tout le succès de l'affaire dépendait d'elle. Si elle commettait une erreur, alors Johnnie Williams, Muriel Marsh et Norena auraient été assassinés pour rien. Il avait peut-être commis une folie de se laisser entraîner par Ticky dans cette aventure, mais Ticky l'avait convaincu.

— Tu ne l'as pas vue, toi, avait dit Ticky. Moi, je l'ai vue. Ne t'inquiète pas, Phil. Elle est faite sur mesure. Cette poupée fera n'importe quoi pour de l'argent.

Il se disait que Ticky avait été fou de promettre cinquante mille dollars à une gamine. Pourquoi abandonner une telle part de bénéfices ? Elle aurait certainement accepté le boulot pour dix mille dollars, et même moins.

— Qu'est-ce que ça peut faire ? avait rétorqué Ticky avec son mauvais sourire. De toute façon, elle n'aura pas un sou. Un cadavre de plus ou de moins, pas vrai... ?

Algir essuya la sueur de son front. Il n'avait pas confiance en Ticky. Le nain avait peut-être des projets à son sujet. Quand on commence à collectionner les cadavres, il n'y a aucune raison de s'arrêter.

Algir se demandait si Ticky n'avait pas le cerveau un peu dérangé. Il lui avait confié un jour qu'il n'avait qu'une ambition dans la vie, se venger des riches. C'était une obsession.

Un moustique vint bourdonner dans l'oreille d'Algir. Il leva la main pour chasser l'insecte lorsqu'il aperçut Norena. Elle courait sur le sentier comme un fantôme, en jetant des regards effrayés à droite et à gauche, de gauche à droite.

Algir, crispé, demeura immobile et l'observa, les poings serrés.

Elle dut sentir qu'elle n'était plus seule, car elle s'arrêta brusquement et porta les mains à son visage. Elle regardait attentivement le sentier bordé de hautes herbes, le souffle coupé par un sanglot de terreur.

Algir vit la panique envahir son visage. Elle allait se retourner et courir vers l'océan quand il se dressa et bondit sur elle.

Elle poussa un cri de terreur et voulut fuir, mais il lui attrapa le bras et la plaqua contre lui. Il avait pensé qu'elle serait facile à maîtriser. Il avait une confiance absolue dans sa force, mais il s'aperçut qu'il avait du mal à la tenir. Les forces de la petite étaient décuplées par la terreur ; elle donnait des coups de pied, griffait et mordait et se tortillait comme une possédée. Elle ne criait plus. Ce fut horrible. Il la frappa sauvagement à la face. Le sang se mit à couler de son nez et de ses lèvres éclatées. Elle faiblissait. Grimaçant, haletant, il lui saisit la gorge de la main droite et ses doigts agrippèrent la trachée. Quand elle comprit que c'était la fin, il crut qu'elle devenait folle.

Elle se débattit farouchement, par saccades, et elle faillit lui échapper ; mais il réussit à la retenir. Il tomba en avant, l'entraîna dans sa chute et, l'écrasant de tout son poids, il libéra sa main gauche et lui saisit la gorge.

Elle se débattait encore, mais la vie lui échappait. Il accentua sa pression. Les longues jambes de la petite se mirent à battre l'air. Plantant ses talons dans le sable, elle se cambra en un effort désespéré. Puis, brusquement, elle devint molle comme une chiffe et ses yeux se révulsèrent.

Algir se releva, tout tremblant. Elle lui avait griffé la nuque et du sang coulait sur sa chemise. Son cœur battait follement. Il étouffait. Il fit quelques pas en titubant, puis s'adossa à un arbre et resta quelques minutes immobile, la tête entre les mains.

« Bon, eh bien, ça y est ! » se dit-il.

La peur grouillait comme un serpent glacé au fond de son être. S'il avait su que ça se passerait ainsi, il n'aurait jamais accepté de le faire. Pour rien au monde, il ne revivrait ces affreuses minutes. Il jeta un coup d'œil à sa montre. Il était huit heures quarante. Il était en retard. Il fit un effort pour se relever et revint à l'endroit où il avait abandonné la Buick. Il s'arrêta près de la voiture et prêta l'oreille. Il n'entendait que le murmure de l'océan et les cris plaintifs des mouettes. Il ouvrit la boîte à gants, y prit une topette de whisky, en avala une bonne rasade ; puis il ouvrit le coffre de la voiture et, le laissant tel quel, il revint à l'endroit où il avait abandonné le cadavre.

Sans regarder le visage convulsé de la morte, il la souleva et la balança sur son épaule. Elle était lourde ; il trébucha à plusieurs reprises en regagnant la voiture. Il la fourra dans le coffre qu'il referma, puis il se mit au volant, fit demi-tour et gagna le rond-point à l'extrémité de la petite route. Il s'arrêta, serra le frein à main, sortit de la voiture et ouvrit le coffre. Il en tira une vieille pelle de l'armée qu'il avait achetée dans un magasin de Miami, puis la fille sur l'épaule, la pelle à la main, il se dirigea vers la dune la plus proche. Il la déposa au pied de la dune, s'agenouilla près du cadavre et entreprit de la déshabiller.

« Prends tous ses vêtements, avait recommandé Ticky. Ils portent la marque de la blanchisserie du collège. On ne peut pas courir ce risque. »

Il eut du mal à enlever sa gaine. Ce travail lui répugnait. Il jurait entre ses dents. La sueur l'aveuglait, tandis qu'il s'acharnait sur le sous-vêtement. Il réussit enfin à la mettre nue. A son cou, gonflé et bleui, elle portait une petite chaîne d'or où pendait une croix. Il ne pouvait la lui laisser.

Il glissa la croix dans sa poche et fit un paquet des vêtements. Puis il prit la pelle, escalada la dune et se mit à enfouir le cadavre sous le sable.

Un busard décrivait des cercles dans le ciel. L'ombre de ses ailes courait parfois sur le sable de la tombe toute fraîche de Norena. Il tournait encore bien après qu'Algir eut terminé son macabre travail et quitté les lieux.

A neuf heures quarante-cinq, Fred Hess prit le

couloir qui menait au bureau du capitaine Terrell. Il frappa à la porte avant d'entrer.

Terrell était assis à son bureau ; Beigler était perché sur le rebord de la fenêtre. Les deux hommes buvaient du café.

— Eh bien, Fred, qu'est-ce que vous avez trouvé ? demanda Terrell en poussant un gobelet de café sur son bureau et en l'invitant à s'asseoir.

Hess s'assit et avala quelques gorgées avant d'expliquer :

— Tout concorde, patron. Elle l'a tué, puis elle s'est suicidée. Lepski a procédé aux vérifications. Voilà ce que nous avons trouvé : Williams est allé se coucher à huit heures avec un bon rhume. A dix heures dix, les gens d'en face ont cru entendre des détonations, mais ils n'en étaient pas sûrs : leur télévision marchait très fort. Dixon, le mari, est allé à la fenêtre voir ce qui se passait. La voiture de Muriel Devon était garée devant la maison. Dixon est retourné à sa télé. En fin de soirée, il a entendu la voiture de Muriel qui partait. Le groom de « La Coquille » a vu Muriel arriver en voiture. Il a noté qu'elle était schlass, mais comme elle tenait encore debout, il l'a laissée entrer. Elle est arrivée vers onze heures ; elle a dû aller tout droit au restaurant. Le barman dit qu'il l'a vue entrer et qu'Edris l'a installée dans le box du fond. Le barman assure qu'il n'a pas quitté le bar de toute la soirée et il jure qu'à part Edris qui lui a servi un whisky, personne ne s'est approché du box. La seringue qui l'a tuée porte des empreintes digitales confuses, mais l'une d'elles, et probablement toutes les autres, sont de Muriel. Nous n'avons rien trouvé qui permette de penser qu'elle ne l'a pas tué avant de se suicider.

— Que pense Charmers de l'écriture sur le mot qu'on a trouvé dans son sac? demanda Terrell.

— Je lui ai passé les documents que nous avons trouvés dans son appartement. C'est la même écriture. Elle possédait également un revolver. Elle a obtenu un permis de port d'armes il y a trois ans à New York. Il est établi que Williams se fichait d'elle. Il devait partir avec une certaine Mme Van Wilden, une vieille peau bourrée de fric qui vit à l'hôtel Palace. Je suis allé la voir. (Hess fit une grimace.) Quand elle a appris que Williams était mort, elle a piqué une crise. Elle allait l'emmener aux Antilles où elle comptait en faire le gérant de sa plantation. (Hess sourit.) Heureusement pour elle qu'il est mort! Mais je ne le lui ai pas dit. Lepski a bavardé à droite et à gauche avec les voisins. D'après eux, Williams et Muriel passaient leur temps à se disputer.

— Selon le rapport du toubib, c'est l'héroïne qui l'a tuée. (Terrell termina son café, réfléchit un instant, puis haussa les épaules.) Ma foi, je crois qu'on peut classer ce dossier. C'est une affaire claire comme de l'eau de roche.

— Et son mari? demanda Beigler. Vous voulez que je le retrouve?

— On aura besoin de lui pour boucler l'enquête, dit Terrell. Et puis, il y a la fille. (Il se gratta la joue.) Curieux que Hamilton ne se soit pas encore pointé ce matin.

— Browning lui a dit deux mots, expliqua Hess en souriant. Il mange si souvent gratis chez

Browning qu'il y est allé mollo. On parle à peine de l'assassinat à la dernière page du journal.

— J'en suis heureux pour la fille, dit Terrell. Voyez si vous pouvez retrouver Devon dans l'annuaire, Joe.

Beigler se dirigea vers le rayon des annuaires et prit celui du téléphone. Il le feuilleta.

— Voilà : Melville Devon, 1455, Hillside Crescent. J'appelle ?

— Allez-y.

Beigler composa le numéro. Au bout d'un instant, une voix de femme répondit :

— Vous êtes chez M. Devon.

— Ici, le commissariat de police, répondit Beigler. Pourrais-je parler à M. Devon.

— Il n'est pas ici. Vous le trouverez à la banque.

— Quelle banque ?

— La banque de Floride. Je vais vous donner le numéro. Une seconde, s'il vous plaît.

— Inutile. Je trouverai, merci, dit Beigler en raccrochant.

— Il travaille à la banque de Floride, expliqua-t-il en se tournant vers Terrell.

Le capitaine fronça les sourcils, puis claqua des doigts :

— Je connais ce type. Je ne connaissais pas son prénom. J'ai joué au golf avec lui au Country Club. C'est un brave type. Il est vice-président de la banque. C'est une grosse légume. Bon Dieu ! Quelle histoire ! Si ça tombe dans l'oreille de Hamilton, même Browning ne pourra pas l'empêcher de publier son article : la femme du vice-président de la banque de Floride tue son amant avant de se suicider ! Vous voyez ça d'ici ? Je m'en occupe, Joe. Je vais l'appeler.

La sonnerie du téléphone retentit. Beigler décrocha :

— Ticky Edris demande le capitaine, dit l'inspecteur de service.

— Une seconde, répondit Beigler en regardant Terrell. Edris est en ligne. Vous voulez lui parler ?

— Qu'est-ce qu'il veut ? demanda Terrell à mi-voix en fronçant les sourcils. Bon, passe-le-nous, Charley.

— Capitaine Terrell ? demanda Edris.

— Lui-même. Qu'est-ce qui se passe, Edris ?

— Il s'agit de Norena Devon, dit Edris de sa voix flûtée. Je ne devrais pas vous déranger pour si peu, capitaine, mais je voudrais retrouver son père. Comme je suis un ami de la famille, j'ai téléphoné à l'école. Le directeur lui a annoncé la nouvelle. Elle va arriver chez sa mère d'un instant à l'autre. Elle est bouleversée. L'ennui, c'est qu'il n'y a pas un sou ici. Bien entendu, je peux lui en avancer et je le ferais bien volontiers, mais, avant de m'engager, j'ai pensé qu'il vaudrait mieux consulter son père. Il voudra peut-être récupérer sa fille. Vous voyez, capitaine, je ne demande qu'à me rendre utile.

Terrell se grattait la joue.

— J'ai retrouvé son père, Edris, dit-il enfin. Je vais lui parler dans un instant. Mieux vaut pour lui et sa fille qu'on parle le moins possible de cette histoire. Si vous êtes, comme vous dites, un ami de la famille et si vous désirez l'aider, vous le pouvez. Je vais en parler au médecin légiste. Vous pourriez identifier Muriel Marsh et témoigner au sujet de ses rapports avec Williams. Je pense que le médecin légiste sera d'accord pour ne pas faire appel à Norena ni à son père. Tout dépend de vous.

— Vous pouvez compter sur moi, capitaine, répondit Edris. Et je suis bien d'accord avec vous pour éviter à l'enfant toute publicité.

— Parfait. Je vais parler à Devon et au médecin légiste. Dès que j'aurai leur avis, je vous téléphonerai. Quel est votre numéro ?

— Seacombe 556.

Terrell inscrivit le numéro sur son buvard, puis raccrocha et repoussa son fauteuil.

— Bon, mes enfants, vous avez d'autres chats à fouetter. Moi, je liquide celle-ci.

Quand Jess et Beigler furent partis, Terrell appela Alec Brewer, le médecin légiste. Il lui expliqua la situation.

— Mel Devon ? répondit Brewer, surpris. Mais c'est un vieil ami. Je n'aurais jamais pensé... Vous êtes sûr qu'il s'agit bien du même, Frank ?

— Le nom est le même en tout cas, assura Terrell. Je ne lui ai pas encore parlé. Il se peut que je me trompe, après tout.

— Ça alors, ce serait un peu fort. Vérifiez soigneusement, Frank, et vous me rappellerez.

— Je ferais peut-être mieux d'aller le voir.

— Bonne idée. Mais prenez des gants, Frank. Mel, c'est quelqu'un dans la ville.

La banque de Floride avait été fondée en 1948 par un groupe de personnes extrêmement riches qui s'étaient retirées à Paradise City, ou y passaient trois mois de vacances par an. Ces gens étaient décidés à s'aménager une banque où ils pourraient en toute sécurité déposer leurs obligations, l'argent liquide dont ils avaient besoin pour le Casino, les bijoux et les fourrures de leurs femmes, ainsi que leur argenterie. Depuis l'ouverture de cette banque, Paradise City ne battait plus les records de cambriolage ; elle pouvait maintenant prétendre au taux de criminalité le plus bas de la côte et les hold-up y étaient devenus rarissimes.

La banque avait connu un tel succès que les grands bijoutiers, les hôteliers, les propriétaires des trois casinos et de divers clubs confiaient leur argent et leurs objets de valeur à ses coffres. Elle disposait de trois camions blindés, protégés chacun par quatre gardes professionnels, qui livraient l'argent aux clients ou venaient le chercher chez eux. Une seule fois, un de ces camions avait été attaqué. Le coup avait été monté par six bandits dangereux, mais s'était soldé par un échec. Cinq des bandits et l'un des gardes avaient été tués ; la réputation que s'étaient acquise les gardes au cours de cet engagement avait découragé toute nouvelle tentative.

Quand les milliardaires du pétrole arrivaient du Texas pour prendre leurs vacances à Paradise City, ils utilisaient tous la banque et on prétendait que, pendant cette période, l'édifice abritait sous son toit autant d'argent que Fort-Knox.

Le capitaine Terrell gara sa voiture dans l'espace réservé à cet effet et grimpa le perron qui menait à la banque.

Deux gardes vêtus de jolies vestes et de pantalons gris, bottés, coiffés d'un képi, un colt 45 automatique à la hanche, saluèrent Terrell au passage.

— Bonjour, capitaine, fit l'un d'eux. Une affaire de service ?

— Non, répondit Terrell en s'arrêtant. (Il connaissait ces deux hommes. Il avait concouru avec eux au « Club du 22 rifle » : c'étaient des tireurs d'élite.) Je viens voir M. Devon.

— Troisième étage.

Terrell salua, traversa un grand hall circulaire aux colonnes de marbre, décoré d'immenses urnes débordant de fleurs et discrètement éclairé et prit l'ascenseur. Le bureau du directeur était d'un luxe presque écrasant : au-dessus de la cheminée en bois sculpté, un Van Gogh de la première période ; des fauteuils, un buffet Louis XIV transformé en bar, d'opulents tapis persans complétaient l'ameublement. Enfin, un bureau ministre qui devait valoir à lui seul une fortune. Quatre baies donnaient sur le bassin du Yacht Club et l'océan.

Devon se leva et tendit la main à Terrell. Grand, large d'épaules, bien bâti, la quarantaine, ses cheveux bruns coupés court grisonnaient. Il avait des traits réguliers, le teint hâlé, des yeux bleus et assurés, une bouche volontaire et spirituelle. Il donnait l'impression d'un homme compétent, astucieux et bon.

— Voici bien longtemps que nous nous sommes vus, capitaine, dit-il en invitant Terrell à s'asseoir. J'ai souvent pensé à notre dernier match. Mais je ne vous vois plus au club, ces temps-ci. Ne venez pas me dire que vous avez abandonné le golf !

— Je ne joue pas aussi souvent que je le voudrais, répondit Terrell en s'asseyant. Je ne dispose plus guère que de mon samedi matin.

— Toujours en forme ?

— Ça se maintient. Et vous-même, vous jouez toujours avec un handicap de six ?

Devon sourit. Il semblait flatté que Terrell s'en soit souvenu.

— Je n'en donne plus que quatre maintenant, dit-il en hochant la tête d'un air mélancolique. S'il ne tenait qu'à moi... Mais il m'arrive même de me faire battre à plates coutures.

Il se renversa dans son fauteuil et reposa ses grandes mains sur son bureau. Son regard inquisiteur signifia à Terrell que, malgré le plaisir qu'il éprouvait à bavarder, son temps était précieux.

— Monsieur Devon, commença lentement Terrell, je fais une enquête sur une femme. Vous pourriez peut-être m'aider. Elle s'appelle Muriel Marsh Devon.

Devon se raidit. Sa bouche se durcit et son regard devint plus vif.

— C'est le nom de ma femme, capitaine, dit-il. Est-ce qu'elle a des ennuis ?

Terrell poussa un soupir de soulagement : « Bon. Inutile d'aller chercher plus loin le père de Norena », se dit-il. Mais il ne fallait pas manquer de tact.

— Des ennuis, oui, si l'on veut, dit-il, en se grattant la joue. Elle est morte hier soir... Elle s'est suicidée.

Devon s'immobilisa. Il regarda fixement Terrell. Le capitaine éprouva un mouvement de pitié.

— Voilà près de quinze ans que nous sommes séparés, dit-il enfin. Nous étions des gamins quand nous nous sommes mariés. J'avais dix-neuf ans. Notre union n'a duré que deux ans. Elle s'est suicidée ? Je suis désolé de l'apprendre. Vous... Vous êtes sûr qu'il s'agit de Muriel ?

— Elle a une fille : Norena.

— C'est exact. Vous avez de ses nouvelles ?

— Elle doit arriver à Seacombe dans la matinée.

— Je comprends. Elle va être bouleversée. (Devon releva la tête.) Savez-vous si elle aimait sa mère ?

— Je le crois, dit Terrell. (Il y eut quelques secondes d'hésitation.) Il s'agit d'une affaire pénible, monsieur Devon. J'imagine que vous ne savez pas ce qu'est devenue votre femme après qu'elle vous a quitté.

Devon eut l'air soudain craintif, puis il hocha la tête.

Terrell lui raconta brièvement, mais sans omettre aucun détail important, tout ce qu'il avait appris sur Muriel Marsh Devon. Il termina par l'assassinat de John Williams et le suicide de Muriel à « La Coquille ».

Immobile, le visage de marbre, Devon écoutait.

Après avoir terminé son récit, Terrell se leva, se dirigea vers la grande baie et observa les yachts qui sillonnaient le bassin. Au bout de quelques minutes, Devon reprit tranquillement :

— Merci, capitaine. Tout cela n'est pas très beau, n'est-ce pas ? Vous êtes certain que Norena ignore tout de la façon dont sa mère vivait ?

Terrell revint s'asseoir dans son fauteuil :

— Edris prétend qu'elle n'en sait rien. Je devine ce que vous devez penser, monsieur Devon. Mais ne vous inquiétez pas. Si l'on s'y prend bien, l'affaire peut être étouffée. J'ai déjà parlé à Brewer qui est, je crois, un de vos amis. Je suis à peu près certain qu'il sera d'accord pour que vous et votre fille ne fassiez pas les frais d'une publicité tapageuse. De son côté, Browning est bien décidé à minimiser cette affaire, et les journaux lui obéissent.

Devon parut un peu plus calme.

— Mais peut-on l'étouffer ? Edris a l'air d'un drôle de bonhomme, n'est-ce pas ? Je l'ai souvent vu à « La Coquille ». Il a quelque chose qui me déplaît. Est-ce qu'on peut lui faire confiance ?

— Il a l'air de bien aimer votre fille. Il m'a dit qu'il ferait l'impossible pour qu'on ne parle pas d'elle. Je crois qu'on peut compter sur lui.

— Que savez-vous de lui, capitaine ? Vous devez comprendre que même si nous réussissons à ne pas ébruiter cette affaire, je n'en demeure pas moins une proie de choix pour les maîtres chanteurs. Si l'affaire s'ébruite, je devrai peut-être démissionner de la banque. Je ne pourrai pas rester ici, même si j'ai rompu avec Muriel depuis dix-sept ans. Cette histoire est trop scandaleuse.

— Ne vous inquiétez pas, dit Terrell. Nous n'avons pas de mauvais renseignements sur Edris. En fait, d'après ce que nous savons, c'est un charmant garçon.

— Eh bien, je vous fais confiance, capitaine, et je vous remercie. Vous dites que Norena arrive ici ce matin ?

— C'est ce que j'ai appris par Edris. Il pensait que vous aimeriez la voir dès que possible.

— Bien entendu. (Devon se détourna et regarda par la baie.) J'ai peine à croire que j'ai une fille de dix-sept ans. Je voulais avoir Norena avec moi. En me la prenant, Muriel m'a porté le coup le plus cruel. C'est cela que je n'ai jamais pu lui pardonner. J'ai fait tout ce que j'ai pu pour retrouver Norena, mais sans succès. Je l'ai recherchée pendant plus de cinq années, puis j'ai renoncé. J'ai cessé de penser à elle. (Il fronça les sourcils en regardant ses mains.) J'aurais aimé la voir grandir. Maintenant, me voilà avec une grande fille qui a ses idées, à elle, sa manière de vivre, et dont je ne sais rien. (Il fixa Terrell qui s'était levé.) Vous ne savez rien d'elle, capitaine ?

— Je sais seulement ce que je vous ai dit, répondit Terrell en tirant de son portefeuille la photographie d'Ira Marsh, qu'Edris avait placée dans la chambre à coucher de Muriel. (Il posa la photo sur le bureau de Devon.) Voici votre fille : mes félicitations. Je dois avouer qu'elle valait la peine d'attendre si longtemps.

— Oui, dit Devon en considérant la photographie. Comme elle ressemble à sa mère ! Où habite Edris ?

Terrell lui donna son adresse et son numéro de téléphone.

— Vous feriez peut-être mieux de téléphoner d'abord à Edris, monsieur Devon, pour lui expliquer vos intentions.

Devon étudia à nouveau la photo.

— Mes intentions ? C'est bien simple, n'est-ce pas ? Il faut que Norena vienne habiter chez moi.

Algir la reconnut immédiatement d'après la photographie qu'Edris lui avait montrée. Elle était assise sur un banc, à la gare routière de Seacombe, les mains entre les genoux. Immobile, elle regardait fixement devant elle.

Bien qu'il fût très en retard, il s'arrêta à quelques mètres d'elle pour la détailler à loisir. Il savait qu'elle avait du charme, mais il ne s'attendait pas à ce qu'elle fût aussi femme. En l'examinant de plus près, il se rendit compte, d'après la dureté de la bouche et la manière dont elle se tenait sur le banc, qu'il avait affaire à une adolescente des plus précoces qui devait considérer un homme de son âge comme un vieux croulant rangé des voitures, et que le charme d'un homme ne devait guère compter à ses yeux comparé à la brutale vitalité d'un jeune voyou de son âge.

Algir avait peur de la jeunesse, de son arrogance et de son énergie. Il avait su se composer un personnage charmant et distingué qui masquait sa faiblesse de caractère, mais il n'avait jamais impressionné les jeunes.

Il haussa les épaules, descendit de voiture et se dirigea vers la jeune fille.

— Bonjour, Ira, dit-il en s'arrêtant devant elle. Il y a longtemps que vous attendez ?

Elle se leva et son regard remonta lentement de ses chaussures à son visage, notant tous les détails de son complet avec une moue méprisante qui l'irrita.

— Trop longtemps. T'es en retard, dit-elle en détournant son regard.

La moindre critique avait le don de mettre Algir en fureur. Il devint rouge et se retint de la gifler. Il se contenta de pousser un grognement, lui tourna le dos et se dirigea vers la Buick. Il se glissa au volant. Quand elle fut assise à côté de lui, il mit le moteur en marche et ils quittèrent la gare routière pour gagner l'appartement d'Edris.

Elle alluma une cigarette.

— Je croyais que t'avais pas une minute à

perdre. Qu'est-ce qui t'est arrivé ? T'as fait la grasse matinée ?

— Tais-toi. C'est moi qui cause. Toi, tu te contentes d'écouter, compris ?

Elle pencha la tête et l'observa :

— J'aurais pas pensé que t'avais des choses intéressantes à dire. Enfin, si ça peut te calmer, je vais essayer de t'écouter.

— Ta gueule ! hurla-t-il, crispé. Je n'admets pas qu'une gamine comme toi me parle sur ce ton !

— Sans blagues ? Alors qui est-ce qui pourra le faire ?

— Je te dis de la fermer, petite salope. Tu préfère que je te la boucle ?

— Je croyais qu'on causait plus comme ça depuis Paul Muni. Tu vas souvent au ciné ?

Pâle de rage, il l'injuria, espérant lui clouer le bec, mais elle partit d'un grand rire.

— Toi, alors, t'es quelqu'un ! Ma parole, tu sors d'un musée !

Il accéléra sans plus s'occuper d'elle, mais il bouillait de rage. Elle observa son visage congestionné, le pli méchant de sa bouche, puis elle haussa les épaules. Les hommes ne lui faisaient pas peur. Elle savait les manœuvrer.

Quand ils arrivèrent devant l'immeuble d'Edris, Algir lui dit sans la regarder :

— Prends la valise, là, derrière, et débarrasse-moi le plancher.

Elle descendit de voiture, prit la valise, et regarda Algir dans les yeux.

— Tu devrais faire gaffe, vieux, dit-elle. A ton âge, c'est mauvais pour les artères de se mettre dans des états pareils. Remarque, moi, je m'en fous.

Elle pénétra dans le hall de l'immeuble en roulant des hanches, la tête haute.

Ticky Edris l'attendait fébrilement. Il regardait la pendule toutes les cinq minutes. Algir avait téléphoné à dix heures et demie. Il semblait nerveux, et ça se comprenait, mais il avait rassuré Ticky en lui expliquant que jusque-là tout avait marché comme sur des roulettes.

— Tu as bien pris ses vêtements ? avait demandé Edris.

— Oui, oui, je te répète que tout va bien. Maintenant, je vais chercher Ira.

— Ah ! oui, tu trouves que tout va bien, toi ! Tu as plus d'une demi-heure de retard. J'ai dû téléphoner à Terrell. Je craignais qu'il n'appelle l'école. Qu'est-ce qui t'a retardé ?

— T'inquiète pas, avait coupé Algir. Je te l'amène dans une demi-heure.

Enfin, la sonnette retentit. Il était onze heures un quart, Edris traversa la pièce comme une flèche, bondit dans l'entrée et ouvrit.

— Entre... entre... souffla-t-il. Où est Phil ?

— J'ai l'impression qu'il m'aime pas beaucoup, répondit Ira en entrant dans le living. Il a filé comme si une guêpe lui avait piqué les fesses.

— Tu as ses vêtements ?

— Ses vêtements ? fit Ira en le regardant, les yeux ronds.

— Phil a pris ses affaires à l'école.

Elle posa la valise sur le sofa, fit jouer la serrure et souleva le couvercle.

— Oui, ils sont bien là.

— La chambre est par là. Va te changer ! Dépêche-toi.

— Ça presse tant que ça ? Y a pas le feu !

— Devon va arriver, expliqua Edris en sautant d'un pied sur l'autre. Rappelle-toi que c'est ton père. Tu lui en veux. Il n'a pas été gentil avec ta mère. Tu aimais beaucoup ta mère. Sois douce et surveille tes paroles. Tu te souviens de tout ce que je t'ai appris ?

— Ça va, ça va. Je me débrouillerai. T'excite pas. Tu m'as payée pour ça. T'en auras pour ton argent.

Elle prit la valise, se dirigea d'un pas rapide vers la chambre à coucher et referma la porte.

CHAPITRE IV

Joy Ansley défaisait ses valises dans sa chambre. Elle venait de rentrer d'un séjour de trois semaines aux Bahamas avec son père. Des vacances gâchées ; Mel Devon lui avait manqué et elle n'avait pu goûter pleinement aux charmes des tropiques loin de son amour.

Joy Ansley avait trente et un ans. C'était une grande brune aux traits fins et réguliers et aux beaux yeux sombres. Elle avait de l'assurance et un caractère serein qui la faisaient immédiatement remarquer dans n'importe quelle assistance. Elle avait rencontré Mel Devon cinq ans plus tôt et elle était tombée immédiatement amoureuse de lui. Elle savait qu'il était marié et s'était vite rendu compte qu'il n'avait aucune intention de se remarier. Elle était contrainte d'accepter cette situation et devait se contenter de son rôle de maîtresse. Mel ne cherchait pas à cacher ses relations avec elle. Il sortait avec elle et, lorsqu'il recevait chez lui, c'était elle qui tenait le rôle de maîtresse de maison. Naturellement, ça faisait jaser.

Son père, le juge Ansley, souffrait de cet état

de choses, mais il avait la sagesse de ne rien dire. Il avait une grande estime pour Mel et il espérait que cela finirait par un mariage.

Joy se sentit fatiguée, tout à coup. Laissant ses valises, elle alla à la fenêtre et vit son père, un grand vieillard maigre aux cheveux blancs, qui se promenait dans une allée en examinant ses rosiers.

Elle sourit et jeta un coup d'œil à sa montre. Il était presque quatre heures : l'heure du thé. Elle quitta la pièce et descendit vivement l'escalier.

Au moment où elle traversait le vestibule, le téléphone sonna. C'était Mel Devon. Son cœur battit lorsqu'elle reconnut sa voix. C'était la première fois qu'ils se parlaient depuis son départ.

— Mel ! Comme c'est gentil ! J'allais t'appeler ce soir.

— Comment vas-tu, Joy ? Tu as passé de bonnes vacances ?

— Très bonnes. Je...

— Comment va le juge ?

— En pleine forme. Nous nous demandions...

— Joy... On peut se retrouver vers six heures ? Je voudrais te parler.

Son ton grave la surprit.

— Mais bien sûr. Où veux-tu qu'on se retrouve ?

— Est-ce que ça t'ennuierait de venir à la banque ?

— Non, bien sûr. Mais il fait si beau ! Tu ne veux pas qu'on aille à la plage ?

— Non. Je t'en prie, viens à la banque, Joy. Je t'expliquerai. Alors, à six heures ?

— Entendu.

— Monte directement. Je préviendrai miss Ashley que je t'attends. Eh bien... Adieu, ma chérie. A tout à l'heure.

Il raccrocha et Joy fit de même, mais plus lentement. Elle s'attarda à réfléchir, un peu mal à l'aise, vaguement émue. « Je voudrais te parler. » Etait-ce enfin le mariage ?

Elle traversa la pièce et sortit dans le soleil pour rejoindre le juge qui attendait patiemment son thé.

Quelques minutes après six heures, elle se retrouva donc dans le bureau confortable de Mel, les mains crispées sur son sac, le cœur battant la chamade en l'écoutant lui raconter ce qu'il avait à lui dire avec une attention et une émotion grandissantes.

Après quelques paroles aimables, Mel, qui avait l'air fatigué et nerveux, commença par essayer d'amortir le choc :

— Joy... Nous sommes de bons amis depuis toujours. Je t'ai souvent fait part de mes difficultés et tu as toujours été compréhensive et d'un grand secours pour moi. Une sale histoire m'est arrivée en ton absence. Je veux que tu le saches. Jusqu'ici, seuls très peu de gens sont au courant et je crois pouvoir faire confiance à leur discrétion, mais si ça devient de notoriété publique, je vais être dans de beaux draps ! Je préfère que tu apprennes tout cela de ma bouche plutôt que d'un autre, un de ces jours...

Ce préambule n'avait pas amorti le choc, mais Joy se maîtrisait assez pour ne pas laisser percer sa soudaine appréhension. La pensée qu'un événement désagréable risquait de compromettre le genre de vie adopté par Mel l'inquiétait beaucoup plus que s'il se fût agi d'elle-même.

— Raconte-moi, Mel, dit-elle en se contraignant à s'asseoir calmement dans le grand fauteuil. Qu'est-ce qui se passe ?

Mel s'installa à son bureau, les coudes sur le meuble luisant, le menton dans les mains. Il lui retraça, sans rien dissimuler, l'histoire de Muriel Marsh Devon, de Johnnie Williams et de Norena.

Joy l'écouta, heureuse que ce ne soit pas pire, mais un peu effrayée d'apprendre que cet homme dont elle était si éprise avait une fille de dix-sept ans. Cette adolescente vivait sous le toit de son père. Elle faisait probablement tout ce que Joy avait rêvé d'accomplir elle-même pour rendre la vie de Mel plus agréable. Par sa présence et son affection, elle allait encore écarter son père un peu plus de Joy…

— Eh bien, voilà ! conclut Mel. Tout cela est sordide, n'est-ce pas ? J'imagine que ça se saura tôt ou tard. Je peux faire confiance à Terrell et à Brewer. Les hommes de Terrell ne parleront pas, mais ce nain m'inquiète. S'il n'était pas au courant, je serais beaucoup plus tranquille.

— Mais il aime bien ta fille. Pourquoi te ferait-il du mal ?

— Oui, c'est vrai, j'y ai pensé. Mais je ne sais pourquoi, je me méfie de lui, dit Mel en haussant les épaules d'un air irrité. Mais inutile de s'inquiéter. Voilà quinze jours que l'affaire est classée. Personne n'a parlé de Norena ni de moi-même. Il n'y a qu'à attendre et espérer. (Il se renversa dans son fauteuil et étreignit les bras du meuble.) Mais, c'est Norena… (Il jeta un coup d'œil à Joy, puis haussa les épaules d'un air désemparé.)

J'imagine que je me suis fait des illusions. Ça m'a fait un terrible coup lorsque Terrell m'a expliqué qu'on avait retrouvé Norena après toutes ces années. A la pensée de la récupérer et de l'avoir toute à moi, j'étais tout emballé. (Il eut un sourire triste.) Je crois que j'étais trop optimiste. J'imagine qu'il est bien naturel qu'elle se tienne sur la défensive... et demeure réservée, pour ne pas dire hostile. Elle a été élevée dans l'idée que j'avais rendu la vie tellement insupportable à sa mère qu'elle avait été obligée de me quitter. Il va falloir remonter la pente... si je la remonte jamais. En fait, depuis quinze jours qu'elle demeure chez moi, nous sommes toujours parfaitement étrangers l'un à l'autre.

— Il faut de la patience, Mel, répondit Joy en hochant la tête avec sympathie. Je comprends tes sentiments, mais il faut songer également aux siens.

— J'y pense. Elle est si différente de ce que j'imaginais ! Franchement, si elle ne ressemblait pas d'une manière aussi frappante à Muriel, j'aurais peine à croire qu'elle est ma fille.

— Qu'est-ce qu'elle fait ?

— Justement. Elle n'a pas l'air de s'intéresser à quoi que ce soit. Elle passe la plupart de son temps dans sa chambre à écouter des disques de yéyé qui me rendent fou. (Il sourit tristement.) Evidemment, je l'ai bien cherché. Je lui ai offert un électrophone et je lui ai donné de l'argent ; depuis, elle ne fait qu'acheter ce genre de disques. Je voulais l'amener au club pour lui faire donner des leçons de tennis, mais elle trouve ça trop bourgeois, trop « cave », comme elle dit. Je voulais lui apprendre à monter à cheval, mais elle trouve ça aussi bourgeois. Je n'ai pas osé lui proposer le golf...

— Mais, Mel chéri, ce n'est pas un garçon ! Elle ne s'intéresse peut-être pas aux sports. Il y a beaucoup de filles comme elle !

— Oui, tu as sans doute raison. J'avais pensé que ce serait amusant de jouer au tennis ou d'aller faire des promenades à cheval avec elle. Oui, je me suis trompé.

— Qu'est-ce qu'elle fait, à part ça ?

— Ma foi, je lui ai acheté une voiture et elle va souvent à Seacombe. (Mel se mit à s'examiner les mains.) Elle voit beaucoup trop ce foutu nain. Elle l'aime beaucoup plus que moi. Il a quelque chose de malsain et de désagréable. J'ai envie de lui interdire d'aller le voir.

— Comment t'y prendras-tu ? demanda Joy en haussant les sourcils.

— Ma foi, je lui dirai de ne plus le voir.

— Et si elle veut savoir pourquoi ?

— Tu penses que je ne devrais pas l'empêcher de le fréquenter ? demanda-t-il en lui lançant un regard perçant.

— Il faut chercher à comprendre, dit Joy. Ce petit bonhomme connaissait bien sa mère. Pour Norena, il représente maintenant la sécurité. Elle s'est trouvée tout à coup transplantée dans une vie confortable, avec de l'argent, chez un homme dont elle sait qu'il est son père, mais qui ne signifie pas grand-chose pour elle. Il est naturel qu'elle veuille voir Edris... c'est bien son nom ?

— Mais c'est un nain ! Il y a quelque chose en lui... Je ne sais pas ce que c'est, mais je ne l'aime pas ! Pourquoi une fille de dix-sept ans peut-elle vouloir passer tant de temps avec un nain ?

— Tu quittes la maison à huit heures et demie et tu y reviens à six heures et demie. Le temps doit lui sembler trop long, si elle reste là à écouter des disques yéyé. A qui d'autre pourrait-elle parler ?

— Si elle venait au club, elle en trouverait, des gens à qui parler.

— Mais non, Mel. Sois raisonnable, voyons ! Les femmes qui viennent au club sont mariées et mères de famille ou comme moi... trop vieilles pour s'intéresser à une adolescente.

Mel se renversa dans son fauteuil et ouvrit les bras dans un geste d'impuissance.

— Très bien. Je me suis trompé. Qu'est-ce que tu suggères ?

— J'imagine que la meilleure solution, c'est de lui trouver du travail. Comme ça, elle rencontrera des gens de son âge. Elle sera occupée et elle ne se sentira plus dépaysée.

— Mais, bon sang ! je ne veux pas que ma fille travaille ! Pourquoi travailler ? J'ai tout l'argent qu'il nous faut. En fait, elle a parlé de travailler à la banque. C'est ridicule ! Pourquoi une jolie fille irait-elle s'enterrer dans cette banque ?

— Tu pourrais la faire entrer, Mel ?

— Ça ne sera pas facile, mais j'y arriverai peut-être. Je pourrais combiner ça, puisque je suis vice-président, mais je n'y tiens pas. Je ne veux pas qu'elle travaille.

— Moi, je trouve qu'elle devrait travailler, dit-elle en jetant un coup d'œil à sa montre. Tu viendras dîner à la maison ? Je sais que mon père aimerait te voir.

— Je voudrais bien le voir aussi, mais c'est impossible. Je ne peux pas laisser Norena toute seule si longtemps. Je ne suis plus aussi libre qu'avant, Joy, tu ne t'en rends pas compte ?

— Je ne peux pas te proposer de l'amener. Un juge de quatre-vingts ans et une vieille fille entre deux âges, ça ne l'amuserait pas beaucoup !

— Qui est-ce qui t'a fichu ça dans la tête, cette histoire de vieille fille entre deux âges ?

Joy éclata de rire.

— Il faudra aviser, poursuivit-elle. Il faut la laisser travailler à la banque. Je suis sûre que les choses iront mieux après. D'habitude, tu suis mes conseils. Tu vas me faire le plaisir de prendre tes dispositions pour qu'elle vienne travailler ici le plus tôt possible.

— Tu crois vraiment que ça marcherait ?

— J'en suis sûre.

Il hésita, puis acquiesça.

— Tu as peut-être raison. Je lui en parlerai. Il faudra que je consulte Crawsure. Il s'occupe du personnel. Ça ne lui plaira pas, mais j'userai de mon autorité.

Joy se leva.

— C'est ma première soirée depuis mon retour, Mel. Mon père m'attend. Il faut que je m'en aille. Quand est-ce que je te revois ?

— Demain soir ? Nous pourrons dîner au club.

— Et Norena ?

— Elle sortira. Elle sort presque tous les soirs.

— Pourquoi ne lui demandes-tu pas de t'accompagner ?

— Elle ne voudra pas. Elle trouve que le club, ça fait bourgeois.

Joy haussa les épaules. Elle savait qu'elle aurait pu insister, mais elle y renonça. Elle préférait avoir Mel à elle toute seule.

— Elle a probablement raison. Alors, à demain au club. Ne te fais pas de soucis. Ça marchera, tu verras.

Quand elle fut partie, Mel resta un moment à réfléchir. Il s'était toujours félicité des conseils de Joy. Peut-être que si elle avait du travail, Norena lui serait moins hostile. Il se dit, après y avoir encore réfléchi, que ça valait la peine d'essayer.

Peu après dix heures, le lendemain matin, Ticky Edris sortit de sa douche et passa sa robe de chambre. Il se rendit à la cuisine en trottinant, brancha la cafetière électrique, puis alla à la porte de l'appartement pour y prendre son lait et ses journaux. Il s'arrêta : car la porte de l'ascenseur coulissait. Phil Algir apparut.

— Salut, vieux ! dit Edris en prenant sa bouteille de lait. Tu es bien matinal. Tu viens me voir ?

Impeccablement habillé, comme à son habitude, Algir entra dans l'appartement. Il avait la mine d'un homme qui est de mauvaise humeur. Edris voyait bien la moutarde lui monter au nez.

— Qui veux-tu que je vienne voir ? demanda Algir en jetant son chapeau sur un fauteuil.

Edris referma la porte et le suivit dans le salon.

— Tu veux du café ? Il est tout frais.

— Tu peux le garder ! grogna Algir en s'asseyant.

Il prit un paquet de cigarettes et en alluma une d'une main tremblante.

— Qu'est-ce qui ne va pas ?

— Combien de temps crois-tu que ça va durer comme ça ? demanda Algir.

Penché en avant, il dévisageait Edris d'un œil étincelant.

— Je reviens tout de suite, dit Edris calmement en regagnant la cuisine.

Il revint au bout d'un instant avec un plateau qu'il disposa sur la table. Il s'assit et se mit à verser du café dans sa tasse.

— Qu'est-ce qu'elle fabrique donc, cette sacrée putain ? grommela Algir.

— Elle s'installe, répondit Edris tout en sirotant son café. Qu'est-ce qui te turlupine, Phil ?

— Je suis fauché. Toi, tu t'en fous... Tu as un boulot. Je ne peux pas glander éternellement sans argent. Quand est-ce qu'on démarre ?

— Ecoute, dit Edris d'une voix cassante, je t'ai expliqué qu'on ne pouvait pas précipiter le mouvement. Une fausse manœuvre et notre affaire est dans le lac. (Il se pencha en avant et frappa la table du doigt.) J'ai mis cinq ans à préparer ce coup-là. J'attendrai encore deux ans, s'il le faut, pour atteindre la perfection. Il est indispensable qu'elle entre à la banque, qu'elle y travaille. Cette fille est intelligente. Elle a adopté une bonne méthode. Toute l'affaire repose sur son entrée à la banque. Tu crois que ça s'arrange en quarante-huit heures ? Si elle n'entre pas à la banque, nous ne pouvons rien faire. C'est aussi simple que ça. Une fois qu'elle y sera et qu'elle sera au courant du système, on pourra s'y mettre, mais pas avant.

— Mais ça peut prendre des mois ! Qu'est-ce que je vais faire pour trouver du fric ? Il faut que tu m'en donnes, Ticky. On me demande de régler ma note à l'hôtel.

— Je t'ai refilé deux cents dollars la semaine

dernière, dit Edris, dont le visage se renfrogna. Tu crois que je les fabrique, les billets ?

— Il me faut encore deux cents dollars. Je te les rendrai quand on aura fait le coup.

— Je vais t'en donner cent et pas un *cent* de plus. Il faudra faire durer ça au moins quinze jours, répondit Edris.

Il se dirigea vers le tiroir de son bureau qu'il ouvrit. Aussi rapide qu'une flèche, Algir bondit, traversa la pièce, donna une bourrade à Edris, l'envoya dinguer et plongea dans le tiroir. Il en retira une liasse de billets de vingt dollars.

— Je vais me servir, Ticky, dit-il en souriant. Je te les rendrai.

Edris s'était relevé. Il était blême. Ses petits yeux ressemblaient à des billes de verre noir. Il recula tandis qu'Algir comptait trois cents dollars.

— Ça fait trois cents, dit celui-ci en grimaçant. Il t'en reste encore cent. Ça te suffit, Ticky. Un petit gars comme toi ne dépense pas autant qu'un grand type comme moi.

Ticky était adossé à son bureau. Il ouvrit un tiroir et en tira un petit revolver muni d'une poire en caoutchouc en guise de crosse.

— Remets ça à sa place ! lança-t-il d'une voix sifflante. Remets jusqu'au dernier dollar, Algir ! A moins que tu préfères une giclée de vitriol en plein visage !

Algir considéra le revolver braqué sur lui, puis regarda Edris dans les yeux. Il demeura immobile, l'argent à la main. Ses lèvres remuèrent : il maudissait Edris en silence.

— Remets cet argent ! répéta Edris.

Algir jeta les billets dans le tiroir et s'écarta.

— C'est bon, espèce de fausse couche ! hurla-t-il. Garde-le, ton fric !

— C'est ce que je vais faire, dit Edris en mettant le revolver dans sa poche. N'essaie pas de me jouer des tours, mon petit Phil ; je sais me défendre. (Il se dirigea vers le tiroir, compta cent dollars et déposa la liasse sur la table.) C'est tout ce que tu auras... Fais-les durer.

On sonna juste au moment où Algir prenait l'argent. Edris referma le tiroir du bureau à clé et mit la clé dans sa poche, puis il se hâta d'aller ouvrir.

C'était Ira Marsh. Elle portait une chemise d'homme dont les pans retombaient sur son jean noir. Elle avait l'air toute surexcitée en entrant dans l'appartement.

Algir la foudroya du regard :

— Qu'est-ce qui se passe ? demanda-t-il. Combien de temps vas-tu continuer à glander comme ça sans rien faire ?

Elle ne lui répondit pas, se dirigea vers le plateau et se versa une tasse de café. Puis elle sourit à Edris :

— Je commence à travailler à la banque demain, annonça-t-elle.

Edris pâlit.

— Tu ne blaguerais tout de même pas à propos d'une chose aussi importante ? lui dit-il d'une voix rauque.

— Je commence à travailler à la banque demain, répéta-t-elle.

Edris poussa un profond soupir, puis un sourire éclaira soudain son visage. Il battit des mains, rejeta la tête en arrière et poussa un cri perçant. Il grimpa sur son bureau ; du bureau, il s'élança d'un bond sur la table, comme un acrobate, puis retomba sur le plancher. Il se mit alors à courir tout autour de la pièce, comme s'il était devenu fou en hurlant : « Youpi, youpi » jusqu'au moment où Algir, tout souriant d'émotion, l'attrapa et le balança dans un fauteuil.

— Ta gueule, espèce d'imbécile ! Tu veux faire monter les flics ?

Edris, haletant, sourit à Algir. Ses yeux étincelaient.

— Je te l'avais bien dit, non ? Je te l'avais bien dit qu'elle était maligne ! Je t'avais bien dit que c'était tout à fait la fille qu'il nous fallait pour ce coup-là !

Il bondit, attrapa Ira par la taille et l'entraîna dans une valse autour de la pièce. Algir, toujours souriant, s'écarta. Finalement, épuisés, ils tombèrent sur le sofa. Prenant le visage d'Ira à deux mains, Edris lui déposa un baiser retentissant sur le front.

Elle le repoussa en gloussant et s'assit.

— Ma belle poupée ! s'écria Edris, assis sur le plancher, les yeux levés vers la fille. Tu as réussi ? Dis-moi, comment as-tu fait si vite ?

— C'était facile. Mon pauvre papa est poursuivi par une vieille fille qui a le feu aux fesses, expliqua Ira. Il lui raconte ses malheurs. Au bout de quinze jours que j'ai passés à bouder, à jouer des disques yéyé et à faire la tête, mon pauvre papa a commencé à se ronger les sangs. Alors, il a appelé la vieille fille et, croyez-moi si vous le voulez, elle lui a dit ce que j'avais bien pensé qu'elle dirait... (Ira se leva et pointant son index d'un geste dramatique sur Edris.) « Cette fille a besoin de travailler. Fais-la entrer à la banque, mon vieux. C'est ce qu'il faut à cette fille ; du travail et des amis de son âge. » Papa est tombé dans le panneau, il m'a expliqué que si je voulais vraiment travailler à la banque, il arrangerait ça. Si ça me faisait plaisir, je pourrais commencer dès demain. (Elle fit une grimace qui lui déforma le visage.) Travailler ! Je me demande bien pourquoi tous ces caves ramènent toujours ça !

Edris hurlait et riait.

— Mais ça va te faire plaisir, mon petit ! Tu vas être tout près de tout ce bel argent ! Oh ! mon petit, comme je voudrais bien être à ta place ! Songes-y ! De neuf heures à six heures, tous les jours, entourée de milliards et de milliards d'adorables billets bien craquants ! (Il se leva d'un bond et se précipita sur elle ; il l'enlaça de ses bras atrophiés et enfonça son visage dans la poitrine de la fille.) Mon petit, je t'adore comme je m'adore ! roucoula-t-il.

Ira le repoussa si violemment qu'il perdit l'équilibre et alla s'étaler par terre.

— Bas les pattes ! aboya-t-elle. Et tâche de te tenir tranquille !

Il la regarda, tout ahuri, esquissa un sourire triste et se remit debout lentement.

— Je ne pensais pas à mal, mon chou, dit-il en allant s'asseoir dans son fauteuil. (Cette chute l'avait un peu ébranlé.) Je rigolais un peu, quoi. Je suis comme ça, moi.

— Eh bien, pas moi, s'écria Ira en s'asseyant sur le sofa.

Algir avait suivi toute la scène d'un air de mépris.

— Quand vous aurez fini de faire les fous, tous

les deux, dit-il, peut-être que nous pourrons causer sérieusement.

— Est-ce que Devon a précisé dans quel service tu vas travailler ? demanda Edris.

De la tête, elle fit signe que non.

— Je verrai le chef du personnel demain matin, expliqua-t-elle. C'est lui qui décidera.

— N'oublie pas de signaler que tu sais faire marcher les machines à calculer, lui dit Edris. Je veux que tu sois aux comptes courants. (Il se pencha en avant.) Ce que nous devons savoir avant tout, c'est l'endroit où se trouvent les coffres en sommeil.

— Qu'est-ce que tu veux dire... les coffres en sommeil ?

— Ceux qu'on n'ouvre pas pendant des mois. Il y en a des masses à la banque. J'ai entendu des clients en parler au restaurant. Les pétroliers du Texas louent un coffre quand ils viennent ici en vacances, le bourrent de billets, puis retournent chez eux et abandonnent le fric dans le coffre jusqu'à leurs prochaines vacances. Si tu t'occupes des comptes courants, tu sauras vite les numéros de ces coffres. C'est à ceux-là qu'il faudra s'attaquer.

— Tu es dingue ! lança Algir, furieux. Même si nous connaissons les numéros, nous ne pourrons pas nous en servir. C'est la banque la mieux protégée du monde ! Elle est gardée vingt-quatre heures sur vingt-quatre et truffée de systèmes d'alarme !

— Où as-tu été chercher qu'on s'approcherait des coffres ? répondit Edris en souriant. Tu sauras tous les détails de mon plan lorsque je serai prêt. C'est une opération qui va se dérouler selon un plan soigneusement préparé. Primo, il faut qu'elle entre à la banque ; elle y entre demain. Secundo, il faut repérer les coffres. Tertio, il faut connaître le système de location d'un coffre et tout savoir sur les clés et les gardes. Il faut procéder méthodiquement... C'est le seul moyen d'enlever le morceau, dans ce coup-là.

— Il lui faudra des semaines pour tout apprendre, dit Algir, soucieux.

— Ces choses-là, ça prend du temps, observa Edris avec désinvolture. Mais même s'il nous faut un an pour la mettre au point, ça vaut la peine d'attendre.

Algir allait ouvrir la bouche, mais voyant le regard glacial et déconcertant d'Ira se poser sur lui, il se leva et gagna la porte.

— Quand est-ce que vous aurez besoin de mes services ? demanda-t-il en se retournant.

— Quand nous en serons à la quatrième étape, répondit Edris. Un peu de patience, Phil. Le jeu en vaut la chandelle.

Algir le fusilla des yeux, hésita, puis sortit en claquant la porte.

— Quelle mouche le pique ? demanda Ira.

— Il n'est pas content quand il ne dépense pas d'argent, répondit Edris en haussant les épaules. Pour l'instant, il n'a pas le moindre fric à dépenser.

— Mais à quoi va-t-il nous servir ?

— Tu verras. Il est tout aussi indispensable que toi à notre plan. Mais d'une façon différente. Comment ça marche, avec Devon ?

— Je l'évite le plus possible, dit-elle en haussant les épaules. (Elle se renversa sur le sofa.) Je n'aurais jamais pensé que c'était aussi ennuyeux de vivre chez les riches. J'espère bien que ça ne va pas durer trop longtemps. Je m'embête à mourir.

Edris l'examinait d'un œil soudain plein d'animosité.

— Comment veux-tu décrocher cinquante mille dollars sans effort ? De quoi te plains-tu ? Tu as des robes, une voiture, une belle maison, de l'argent... Qu'est-ce que tu veux de plus ?

— Je sais, je sais... Mais je m'ennuie... C'est tout.

— Bon, ennuie-toi. Mieux vaut s'ennuyer que d'être affamé, sale et fauché. Rappelle-toi ça. Et puis, fais gaffe, Ira. Ne cherche pas à t'amuser comme tu en avais l'habitude. A la moindre algarade, tu seras balancée de la banque en moins de deux. Cette boîte est aussi respectable qu'une église. Si tu n'étais pas la fille de Melville Devon, tu n'aurais jamais pu y entrer et t'en fais pas, ils ont fait une enquête à l'école... Ils ont consulté les notes de Norena. Elle travaillait très bien et était aussi sage qu'une bonne sœur. C'était exactement le genre de tordue qu'ils veulent dans les banques. Souviens-toi que tu as pris sa place. Si tu te saoules, si tu fais la vie avec des gars, si tu couches et qu'ils s'en aperçoivent... Fini ! Notre affaire est dans le lac. (Il se pencha en avant, le visage tout congestionné.) Si nous restons en panne simplement parce que tu ne peux pas supporter de t'ennuyer quelques semaines, les journaux n'oseront pas publier le moindre détail sur les tortures que je te réserve.

Elle demeura immobile, à regarder dans les yeux méchants braqués sur elle, puis se leva :

— Pas de menaces, demi-portion ! dit-elle d'un air méprisant. Je pourrais, moi aussi, t'appliquer un traitement que les journaux n'oseront pas publier.

— Mon petit, tu ne manques pas de cran, s'écria Edris en éclatant de rire. Je t'adore, mais souviens-toi de ce que je te dis. Ennuie-toi et fais gaffe !

— Tu ne me verras plus beaucoup, dit-elle en gagnant la porte. Maintenant, je travaille. Quand j'aurai quelque chose à te dire, je te téléphonerai. Adieu, Ticky.

Elle sortit de l'appartement et referma doucement la porte derrière elle.

Peu après dix heures, le dimanche matin, Mel Devon arrêta sa Mercedes décapotable devant la maison du juge Ansley et klaxonna.

Joy, qui attendait ce signal, descendit le perron et ouvrit la barrière. Elle portait un tricot noir et un pantalon blanc ; elle tenait un sac de plage à la main.

Mel quitta le volant et vint ouvrir sa portière :

— Bonjour, Tu es prête ? demanda-t-il.

— Oui, répondit-elle en le regardant, tout sourire. (Elle était soulagée de le voir en si bonne forme ; l'expression soucieuse et fatiguée qu'il avait lors de leur dernière rencontre s'était évanouie ; en tout cas, pour l'instant, il n'avait pas l'air préoccupé.) Je suis contente de te revoir.

— Moi aussi, dit-il en l'aidant à monter dans la voiture. Comment va le juge ?

— Très bien. Il espère que tu viendras déjeuner avec nous.

— Bien sûr, ça me fera plaisir. Norena passe la journée au club. (Il la regarda en souriant.) Tu sais, Joy, je me demande ce que je ferais sans toi. Tu règles mes problèmes comme personne. Je suis peut-être un banquier malin, mais quand il s'agit d'organiser ma vie, je n'arrive à rien sans toi.

— Je ne sais pas, Mel, répondit-elle en détournant son regard. Je pense que tu es parfaitement capable de te débrouiller tout seul, mais ça me fait plaisir d'apprendre que je puis t'être utile parfois.

Il lui caressa la main. Ils roulaient sur l'esplanade, en direction du golfe de Paradise où Mel possédait une cabine.

— Grâce à toi, Norena n'est plus un problème. Tu avais tout à fait raison quand tu disais qu'il lui fallait un travail. Depuis qu'elle est entrée à la banque, elle a radicalement changé.

— Ça me fait bien plaisir. Depuis combien de temps y travaille-t-elle ?

— Une quinzaine de jours... oui, c'est ça. Elle a commencé il y aura demain deux semaines. (Il fronça les sourcils, puis lui adressa un bref coup d'œil.) Comme le temps passe ! Ça fait quinze jours que je suis resté sans te voir, Joy... Ce n'est pas possible !

— Je me suis ennuyée de toi, répondit Joy calmement. (Pourquoi lui rappelait-il à quel point cette absence avait été longue ? Chaque jour, elle avait attendu un coup de fil de lui.) Tu dois être très occupé.

— Tu parles ! dit-il en riant. J'ai sorti Norena, nous sommes allés un peu partout, au cinéma, au théâtre, à des concerts de jazz... le grand jeu, quoi !

Joy regardait droit devant elle.

— Alors, tu t'entends bien avec Norena maintenant ?

— Ma moi, je le crois, dit-il, mais ses yeux s'embrumèrent quelque peu. Franchement, je trouve que ce serait bien mieux, pour nous deux, si elle avait des amis de son âge avec qui sortir. Elle me fait sentir ma vieillesse. J'imagine qu'elle me considère maintenant comme un compagnon inoffensif et commode. J'ai l'impression qu'elle me tolère, faute d'un autre cavalier. C'est pourquoi je l'ai vivement engagée à s'inscrire au club de la banque. Au début, elle ne voulait pas, mais j'ai fini par la convaincre. Maintenant, elle a l'intention d'y passer le week-end.

— Est-ce qu'elle s'est fait des amis ? demanda Joy, un peu rassurée.

— Sans doute. J'ai le sentiment que les jeunes n'aiment pas qu'on leur pose trop de questions. Je lui ai dit qu'elle pouvait amener ses amis à la maison, mais jusqu'à présent elle n'en a rien fait. J'ai du moins l'impression que la glace est rompue, mais elle n'est certainement pas ce qu'on pourrait appeler affectueuse.

— Il ne faut pas compter sur trop d'amélioration à la fois !

— Je ne cesse de me le répéter, mais j'ai comme une idée qu'il n'y a pas de place en elle pour l'affection. Elle semble de glace. (Il haussa les épaules.) Ma foi, ça marchera peut-être comme ça. En tout cas, je peux vivre avec elle sans me faire trop de bile et nous bavardons beaucoup. Certaines de ses idées me font frémir. Il lui échappe des choses... C'est sans grande importance, bien entendu, car quand je riposte, elle bat en retraite. Ce sont simplement des idées de jeunes.

— Quelle sorte de choses ?

— Sur la façon de vivre et les principes moraux à observer, par exemple. Je crains que sa mère ne l'ait influencée. Elle a une conception assez amorale de l'existence. C'est curieux, car M. Graham, le directeur de la pension, l'avait portée aux nues quand Crawsure est allé le voir. Il a fallu qu'elle roule complètement le directeur, ou alors il s'est produit en elle un changement bien brusque !

— Je ne vois pas très bien ce que tu veux dire, Mel.

— C'est un peu trop complexe pour en parler maintenant. Des réflexions lui échappent. Des fois, en lisant le journal, elle donne son opinion. Un gars sauve un gosse d'une voiture en flammes et meurt ensuite de ses brûlures : elle dit que c'est une poire. On vole ses économies à une vieille femme : Norena conclut que, si elle n'était pas capable de s'occuper de son argent à son âge, elle n'a eu que ce qu'elle méritait. Tu te souviens de ce vol important dans une bijouterie, la semaine dernière ? Elle a trouvé que les voleurs étaient malins, et elle disait cela très sérieusement. Ce que je t'en dis là, ce ne sont que de petits détails. Mais il lui en échappe parfois de vertes et de pas mûres. Je la crois foncièrement amorale.

— Mais voyons, Mel, il ne faut pas dire ça. Les jeunes d'aujourd'hui sont comme ça. C'est leur façon de s'exprimer. Il est bien porté de paraître dur, cynique et impavide. Ça l'amuse sans doute de te choquer.

— Tu as peut-être raison. Je m'y attends de la part des autres filles, mais pas de la mienne.

— Puisque M. Graham ne tarit pas d'éloges sur elle, à ta place, je ne tiendrais aucun compte de ce qu'elle dit. Elle doit croire qu'il faut opposer une forte personnalité à un père intelligent. Comment se comporte-t-elle à la banque ?

— Tout va bien, dit Mel, le visage rasséréné. Elle a vraiment séduit Crawsure. Il n'en voulait pas et ne l'aurait certainement pas prise si elle n'avait pas été ma fille. Il est d'ailleurs allé trouver M. Graham avant de la convoquer. Elle a l'air d'avoir le goût des chiffres. Elle travaille aux comptes courants. Crawsure dit qu'elle s'en tire très bien.

— Mais c'est magnifique !

— Tel père... répondit Mel en souriant. Elle s'intéresse vraiment au mécanisme de la banque. Je ne l'aurais jamais cru. Elle ne cesse de me poser des questions... et des questions sensées. Pas plus tard qu'hier soir, elle s'est attaquée à notre slogan : « la banque la plus sûre du monde ». Elle a bien été obligée de reconnaître, lorsque je lui eus expliqué notre système de sécurité, que ce n'était pas un slogan en l'air. Et l'intérêt qu'elle éprouve pour toutes ces questions peut fort bien l'amener à réussir dans ce métier.

— Ne va pas croire ça ! Elle va tomber amoureuse et ta vieille banque ne lui dira rien de plus qu'à moi.

Mel éclata de rire.

— Oui, dit-il. Tu as raison, comme toujours.

— Est-ce qu'elle continue à voir le nain ?

— Non. Et j'en suis bien content. Elle est trop occupée pour aller à Seacombe. Je suis certain qu'il ne lui manque pas. Maintenant qu'elle a un foyer, la banque et le club, elle l'a oublié…

Mel aurait été désagréablement surpris s'il avait pu voir Ira à cet instant même. Elle garait sa Triumph devant l'immeuble de Ticky Edris et, quelques minutes plus tard, elle sonnait à sa porte.

Edris vint immédiatement ouvrir et, quand il l'aperçut, il s'effaça pour la laisser entrer. Il ne lui adressa pas le moindre sourire de bienvenue.

Il avait eu une mauvaise quinzaine. Algir était encore venu lui réclamer de l'argent et il était inquiet de voir fondre ses économies. Si Algir n'avait pas été désigné pour jouer un rôle aussi important dans l'opération, Edris se serait débarrassé de lui, mais il savait que c'était désormais impossible et il ne pouvait rien faire pour limiter les extravagances d'Algir.

Il n'avait eu aucune nouvelle d'Ira pendant tout ce temps. Il avait été tenté plusieurs fois de lui téléphoner, mais elle lui avait dit qu'elle l'appellerait quand elle aurait quelque chose à lui dire. Algir avait eu beau le pousser à reprendre contact avec elle, il s'était abstenu. Il avait confiance en elle. Il savait bien qu'elle ne pouvait pas précipiter les événements.

— Je commençais à m'inquiéter, mon petit, dit-il en la suivant dans le salon. J'espérais avoir de tes nouvelles plus tôt.

Algir sortit de la chambre à coucher. Il avait passé la nuit chez Edris, car il n'avait pas réglé sa note à l'hôtel.

— Eh bien, il est temps ! s'écria-t-il en apercevant Ira. Qu'est-ce qui se passe ? Ça fait quinze jours que nous attendons que tu montres le bout du nez et que tu fasses quelque chose ! Ça te va bien de mener la grande vie. Mais moi, alors ? Qu'est-ce qui se passe ?

— Ta gueule ! coupa Edris. Assieds-toi, Ira. Tu as du nouveau ?

Elle se dirigea nonchalamment vers un fauteuil et s'y assit. Elle considéra un long moment Algir, fit une moue de mépris et se tourna vers Edris.

— Si cette tête de linotte n'arrête pas de me casser les pieds, je fous le camp, dit-elle. Je ne blague pas ! C'est pas parce que ce con ne peut pas garder un rond que je vais en supporter les conséquences !

Algir ouvrait la bouche pour protester lorsque Edris intervint :

— Je t'ai dit de la boucler ! Laisse-la tranquille ! (Puis, il se tourna vers Ira.) C'est bon, mon poulet. Ne t'occupe pas de lui. Comment ça marche ?

— J'ai la plupart des renseignements dont tu as besoin. Ça n'a pas été facile, parce qu'il fallait faire attention. Mais j'ai ce qu'il te faut. (Elle ouvrit son sac et en tira une feuille de papier repliée.) Qu'est-ce que tu en penses ?

Edris prit la feuille de papier, la déplia et l'étudia. Au bout d'un moment, il demanda :

— Les coffres en sommeil ?

— Quelques-uns. Il y en a d'autres. Mais ceux-ci sont loués par les plus riches. On ne sait pas ce qu'ils renferment. Les clients les ouvrent eux-mêmes et la banque n'est pas responsable de leur contenu. Mais, à en juger par le montant des retraits, ils doivent être bourrés. J'ai appris que cinq pétroliers du Texas doivent partir à la fin de la semaine. Ils ont gagné des milliers de dollars au

Casino. Il est plus que probable qu'ils laisseront leurs gains dans les coffres avant de partir. Tu as les numéros de ces cinq coffres dans la seconde colonne.

— A quoi ça sert d'avoir les numéros de ces foutus coffres ? grogna Algir... C'est ce qu'il y a dedans qui nous intéresse !

Pas plus Ira qu'Edris ne firent attention à ce qu'il disait.

— C'est parfait, poulette, dit Edris. Maintenant, nous voulons savoir comment fonctionne le système d'alarme.

— Je suis au courant, dit Ira en ouvrant son sac et en y prenant un paquet de cigarettes. (Elle en alluma une et poursuivit :) J'ai causé avec papa. Il pense que je vais faire carrière dans la banque. Il m'a expliqué comment fonctionne le système ; si un type comme lui n'est pas au courant, alors personne ne l'est !

Edris se pencha en avant, les yeux brillants.

— Comment ça marche ? demanda-t-il.

— Voici. Il ne faut pas songer à pénétrer dans la banque la nuit. Il y a six gardes armés, triés sur le volet. Ce sont des durs et ce serait bougrement coton d'essayer de les descendre. Ils font des rondes, accompagnés de chiens, toute la nuit. Les coffres se trouvent sous la banque, dans un sous-sol blindé aux murs de béton épais d'un mètre vingt, garnis de dix centimètres d'acier. A l'heure de la fermeture, on inonde le sous-sol. A six heures du matin, un système d'horlogerie déclenche l'évacuation de l'eau et l'on assèche le sous-sol avec des radiateurs à soufflerie d'air chaud. Il faut donc exclure toute idée d'y pénétrer la nuit.

Algir écrasa nerveusement son mégot dans un cendrier.

— Je t'ai répété depuis le début qu'il fallait être dingue pour espérer approcher de ces coffres ! lança-t-il à Edris. Nous perdons notre temps...

— Ta gueule ! répondit Edris sans le regarder. Et le jour, mon petit ? demanda-t-il à Ira.

— C'est pas mal dur aussi. Il y a douze gardes qui patrouillent. La grille de la cave est fermée à clé et sous la surveillance de deux gardes armés de fusils automatiques. Ils ont l'air capables de mettre une armée en fuite. La banque est truffée de signaux d'alarme. Papa m'a assuré que si vingt hommes armés de bombes lacrymogènes et de fusils pénétraient dans la banque, ils ne s'en tireraient pas. Un garde, installé dans une cabine de verre pare-balles, surveille toutes les arrivées. On ne peut pas l'approcher. S'il se produit quelque chose de louche, il appuie sur un bouton qui bloque toutes les sorties ; le sous-sol est inondé et le commissariat de police alerté. Par conséquent, un braquage pendant les heures de bureau est voué à l'échec.

Edris toussota et se frotta les mains.

— Ils ont vraiment pensé à tout, n'est-ce pas, mon petit ? Mais dis-moi, qui va au sous-sol ?

— Les clients.

— Personne d'autre ?

— Tu brûles, dit Ira en souriant. Si, il y a une autre personne qui y descend : la réceptionniste qui mène les clients à leur coffre.

— J'ai entendu parler d'elle. Tu la connais ?

— Oui. Elle s'appelle Doris Kirby. Elle a

trente-trois ans et ça fait huit ans qu'elle fait ça. Elle est aussi inabordable qu'un évêque.

— Tu sais où elle habite ?

— Non, mais je peux le savoir.

— Essaie de le savoir dès que tu pourras, mon petit. Téléphone-moi l'adresse. C'est urgent.

— D'accord.

— Qu'est-ce qu'elle fait, au juste ? Tu le sais ?

— Imagine que tu sois un client, expliqua Ira en s'enfonçant dans les coussins du sofa, et que tu désires louer un coffre. Tu entres à la banque et tu remplis un formulaire : nom, adresse et numéro de téléphone ; la durée de la location et la fréquence des visites. On te donne une clé. Si tu la perds, il faut forcer le coffre : il n'y a pas de double. Chaque coffre a deux serrures. Tu gardes une clé et la banque a un passe-partout pour la seconde serrure. On ne peut pas ouvrir les coffres sans les deux clés. La petite Kirby a le passe-partout qu'elle remet aux gardes quand elle quitte la banque. Si tu veux aller à ton coffre, tu vas trouver le garde à la grille, tu lui montres ta clé qui porte un numéro. Il vérifie ce numéro qui lui indique ton nom et ton adresse. Il a également une photographie de toi. Chaque clé possède son mot de passe particulier. Tu le lui donnes et, après vérification, il te laisse franchir la grille. Au pied de l'escalier, la petite Kirby est installée à un bureau. Tu lui dis ton numéro et elle t'amène à ton coffre. Elle ouvre la première serrure avec le passe-partout et t'abandonne, si tu en as vraisemblablement pour assez longtemps. Tu ouvres la seconde serrure avec ta clé, tu prends ton fric ou tu en déposes et tu sonnes. La petite Kirby revient, referme sa serrure et te ramène à la grille. C'est comme ça que ça fonctionne. C'est tout ce qu'elle fait.

Edris sourit d'un air diabolique.

— Parfait, mon petit. Parfait ! dit-il. Je pensais qu'il te faudrait au moins un mois pour recueillir tous ces renseignements. Tu es débrouillarde, toi, au moins ; je t'adore.

— Tu trouves, toi, que toute cette merde est intéressante ? s'écria Algir, fou de rage. Bon, explique-moi donc comment piquer le fric dans ces coffres ! Je me fous pas mal de l'organisation. Comment est-ce qu'on peut faucher le fric ?

— Phil, mon petit, c'est là que tu entres en scène. Tu as la colique à force d'attendre. Maintenant, c'est fini d'attendre. Ta première tâche c'est de mettre la petite Kirby hors combat. Rien de sérieux. Il faut qu'elle ait un congé de maladie d'au moins une semaine. Tu peux goupiller ça ?

— Ma foi, continue, dit-il, l'air étonné. Pourquoi veux-tu qu'elle nous débarrasse le plancher ?

— Parce que la petite que tu vois devant toi va prendre sa place, n'est-ce pas, ma poulette ?

— Bonne idée ! répondit Ira. Mais Crawsure a son mot à dire là-dedans.

— Non, répondit Edris en souriant. C'est ton papa. C'est lui, le grand manitou dans l'affaire. Tu vas lui expliquer que tu as envie de connaître ces gros bonnets. Il se laissera faire, surtout si tu lui expliques que Kirby ne sera pas absente longtemps et que cette brève expérience te fera du bien. Raconte ça à ton papa et je parie qu'il n'y verra aucun inconvénient. Il te chargera de remplacer Kirby, ça ne fait pas un pli.

Algir semblait se désintéresser de la question.

— Elle prendra une empreinte du passe-partout, c'est ça, non ? demanda-t-il en se penchant en avant.

— Elle prendra l'empreinte non seulement du passe-partout, mais des clés des clients... surtout de celles des cinq Texans.

— Comment est-ce qu'elle fera ? Elle vient d'expliquer que les clients gardaient leur clé. Comment est-ce qu'elle pourra s'en emparer ?

— Elle leur prendra leur clé malgré eux, dit Edris. (Il minauda, tendant la main.) Donnez-moi donc votre clé, monsieur Duconnaud, je me ferai un plaisir d'ouvrir le coffre à votre place.

— Ces Texans sont des durs à cuire. Ils lui répondront peut-être d'aller se faire voir.

— Tu dirais à une fille mignonne comme elle d'aller se faire voir, toi Phil ?

Algir considéra Ira d'un air critique. Elle lui tira la langue.

— Oui, tu as peut-être raison. Comment s'y prendra-t-elle ? demanda-t-il.

— Une boule de mastic dans la main gauche. C'est toi qui fabriqueras les clés. Tu ferais bien d'en parler avec elle... pour lui indiquer ce que tu veux.

— Ces clés doivent être difficiles à fabriquer, objecta Algir. Tout dépend de la complexité de la serrure.

— Pourquoi seraient-elles tellement compliquées ? Avec un pareil système d'alarme, je parie que ce sont tout simplement des serrures et des clés normales. En tout cas, tu le sauras demain. Tu auras une des clés.

— Comment ça ? demanda Algir, la tête inclinée de côté.

— Demain, tu iras à la banque louer un coffre.

Tu te pointeras avec une grosse enveloppe cachetée, pleine de coupures de journaux. Tu expliqueras que tu viens de gagner cet argent au Casino et que tu veux avoir accès au coffre chaque jour. Tu feras la connaissance de Doris Kirby. Tu la regarderas bien, de manière à la reconnaître. Tu déposeras l'enveloppe dans ton coffre et tu emporteras ta clé. Tu pourras alors te rendre compte si c'est difficile de fabriquer une clé du même modèle. Dans la soirée, tu t'arrangeras pour que miss Kirby tombe malade, ait un accident, attrape mal au ventre ou tout ce que tu voudras qui nous débarrasse d'elle. Mais rappelle-toi bien qu'elle occupe une situation importante à la banque. S'il lui arrive quelque chose de bizarre, les gardes se douteront de quelque chose. Or, il faut absolument éviter d'alerter les flics. Alors fais gaffe, Phil !

Algir examinait le plancher, les sourcils froncés.

— Qu'est-ce que tu dirais d'un petit accident de voiture ? demanda-t-il.

— Les chauffards sont poursuivis par la police, répondit doucement Edris.

— Elle vit seule ?

— Oui, répondit Ira. Elle habite au dernier étage de son immeuble, elle me l'a expliqué.

— S'il n'y a pas d'ascenseur, une corde tendue sur un palier suffirait, dit Algir. Ça peut aller, si elle se casse une jambe ?

— Du moment qu'elle ne se casse pas la gueule ! Nous ne voulons pas d'histoires avec la police.

— Indique-moi où elle habite, dit Algir à Ira.

J'irai faire un tour à son appartement, dès que tu m'auras refilé son adresse.

Ira la lui promit puis, après avoir consulté sa montre, elle se leva.

— Est-ce que tu as besoin d'autre chose, Ticky ? Je dois être en principe au club. Papa pourrait téléphoner. S'il s'aperçoit que je n'y suis pas, il va flairer quelque chose de louche.

— C'est tout pour l'instant, mon petit. Tu t'es très bien débrouillée, je te le dis sincèrement, tu sais. Continue et bientôt tu auras un beau magot, et quand je dis un beau magot, je ne blague pas.

— Tu ne crois tout de même pas que je fais ça pour m'amuser, non ? dit-elle en gagnant la porte. A bientôt, Ticky. (Puis, elle se tourna vers Algir.) On va voir si tu es rapide, tête de linotte. Il est temps que tu fasses quelque chose pour gagner ta vie !

Quand elle eut disparu, Algir, rouge de colère, s'écria :

— Je voudrais bien la coincer, cette petite vache ! Je voudrais l'entendre hurler, avant de la mettre en pièces détachées !

— Ça viendra, mon petit Phil, répondit Edris en riant. De la patience ! Elle est beaucoup trop jeune pour récolter tant d'argent.

— Je ne comprends toujours pas, dit Algir en allumant une cigarette, pourquoi il faut que j'aille louer un coffre.

— Mais, bon Dieu ! Réfléchis un peu. Ira devra prendre l'argent dans les autres coffres pour le mettre dans le tien. Tu iras à la banque tous les jours chercher l'argent qu'on croira être le tien. Comment crois-tu que nous pourrions sortir l'argent du sous-sol autrement ? Tu ne vois pas comme ce sera simple, une fois que nous aurons un double des clés et qu'Ira travaillera pour nous ? Elle s'occupera du sous-sol tant que Kirby sera malade. Elle remplira ton coffre avec l'argent pris dans ceux qu'elle pourra ouvrir. Comme ce sont des coffres en sommeil, il se passera des mois avant qu'ils se rendent compte qu'il y manque quelque chose. Mais à ce moment-là nous serons loin !

Algir restait immobile, bouche bée.

— Bon Dieu ! finit-il par dire d'une voix tremblante.

— Pas mal, hein ? dit Edris en se balançant. Et ça fait des millions de dollars à faucher. C'est le plus beau coup qu'on ait jamais monté.

Il renversa la tête et se mit à hurler « Youpi ! » à pleins poumons.

CHAPITRE V

Le lendemain matin, à neuf heures et quart, Mel était au travail ; on lui avait déposé, sur son bureau, le courrier du matin et divers rapports. Au moment où il prenait un compte rendu de la Bourse, il entendit frapper doucement à la porte qui donnait directement sur son ascenseur privé : c'était une porte qu'il utilisait rarement, car il préférait passer par le hall de la banque et en profiter pour dire un mot à l'un ou l'autre membre du personnel.

Comme personne n'utilisait jamais cette porte, il la regarda en se demandant s'il était victime d'une illusion. On frappa de nouveau. Il fronça les sourcils et trouva ce phénomène tellement extraordinaire qu'il résolut de faire appel à miss Ashley, sa secrétaire. Au moment où il allait la sonner, il entendit murmurer derrière la porte :

— Papa… c'est moi.

Un sourire éclaira le visage de Mel. Il se leva et jeta un regard gêné vers la porte qui donnait sur son antichambre. Si miss Ashley s'apercevait que l'on venait le déranger à cette heure-ci, elle allait manifester son étonnement et son indignation.

Mais il entendit sa machine à écrire en pleine action. Il alla ouvrir la porte.

Ira entra ; ses yeux bleus étaient toujours aussi innocents, son sourire plein d'assurance. Elle portait un chemisier gris ardoise au col blanc et aux manchettes assorties, une large ceinture de cuir verni enlaçait sa taille fine. Ses cheveux blonds brillaient comme du cuivre poli, dans le soleil qui inondait la pièce.

— Je sais... je sais..., dit-elle en baissant la voix. Ne t'inquiète pas, papa. Je sais que je n'ai rien à faire ici et que miss Ashley en avalerait son bridge si elle me voyait, mais il faut que je te parle.

— Est-ce que tu te rends compte que tu as violé l'une des règles les plus sacrées de la banque en venant me trouver à cette heure-ci et en passant par cet ascenseur ? dit Mel en s'asseyant à son bureau.

Ira repoussa les papiers qui jonchaient le meuble, se percha sur le coin et ramena sa jupe sur ses genoux. Mel la trouva séduisante en diable et le sourire qu'elle lui adressa le conquit.

— Je ne recommencerai jamais plus, expliqua-t-elle. Mais c'est très important. Doris Kirby vient d'avoir un accident et je voudrais bien la remplacer au sous-sol.

— Comment sais-tu qu'elle a eu un accident ? demanda Mel en se renversant dans son fauteuil. C'est grave ?

— Tout le monde en parle en bas, répondit Ira d'un air dégagé. Elle est assez mal en point : un bras cassé et trois côtés fracturées. Elle a bêtement dégringolé son escalier hier soir. Ecoute, papa, on plaindra Doris un autre jour. L'important pour l'instant, c'est que je voudrais bien faire le travail de Doris en attendant qu'elle soit guérie. C'est pourquoi je me suis permis de venir te trouver. Il faut que tu dises à Crawsure que je vais remplacer Doris, jusqu'à son retour. Je voudrais que tu l'appelles tout de suite, avant qu'il ne pense à une autre remplaçante.

— Je ne vais certainement pas... commença Mel d'un ton ferme. (Mais elle lui ferma la bouche avec la main.)

— Ne prononce pas de paroles que tu regretterais plus tard, mon cher papa. Ecoute-moi. Si je dois être vraiment utile aussi bien à toi qu'à la banque, il faut que je connaisse les gros clients. Après tout, je suis ta fille. Ils seront aussi ravis que moi de cette rencontre. Tu ne peux tout de même pas t'attendre à ce que je m'intéresse à la banque si je ne connais pas la clientèle. Mon travail sera plus vivant. Crawsure aura du mal à remplacer Doris. Une partie importante du personnel est en vacances. Il faut songer également aux consignes de sécurité. Je suis ta fille et Crawsure ne peut s'opposer à ma présence au sous-sol. Tu vois que je suis la candidate idéale, puisque je suis volontaire.

Mel la regarda attentivement. « Comme elle ressemble à Muriel ! » se dit-il. Il eut soudain un pincement au cœur en songeant à l'échec qu'avait été son mariage. Norena déployait la même beauté fragile, la même volonté, les mêmes coquetteries persuasives que Muriel lorsqu'elle voulait quelque chose.

— Ce n'est pas très drôle, Norena, le travail de Doris. Tu passeras toute la journée au sous-sol. Je crains que tu ne tardes pas à t'en fatiguer.

— Tu crois que c'est drôle, toi, de faire marcher une machine à calculer ? demanda Ira en haussant les sourcils. Rappelle-toi, papa, que je ne suis pas ici pour m'amuser, mais pour bien me mettre au courant de tout ce qui concerne la banque.

— Mais voyons ! répondit Mel en riant. Tu ne crois tout de même pas que je vais avaler une plaisanterie pareille. Pourquoi veux-tu donc travailler au sous-sol, Norena ?

Elle le regarda sans ciller, sûre d'arriver à ses fins avec ce grand bel homme.

— Si tu veux savoir, eh bien, voilà : je voudrais faire la connaissance de ces gens qui comptent parmi les plus riches du monde... C'est une race que je ne connais pas. Je voudrais les voir de près, les écouter, apprendre d'eux quelque chose.

Mel hésita, puis haussa les épaules. « C'est peut-être une bonne idée », se dit-il. Il était ravi qu'elle manifestât tant d'intérêt pour la banque.

— Je me demande ce que va en penser Crawsure, dit-il d'un air hésitant.

— Ne lui demande pas son avis, papa. Donne-lui un ordre. C'est toi, le patron. Ne lui demande rien... Tu vas lui dire...

Elle prit alors le téléphone et demanda à la standardiste : « Pourrais-je avoir M. Crawsure pour M. Devon, s'il vous plaît ? » Puis, avec un petit geste de la main et un sourire charmeur, elle tendit l'appareil à Mel.

A l'heure du déjeuner, Ira quitta la banque et remonta rapidement, au volant de sa Triumph, la large esplanade. Elle se faufilait à travers le flot des voitures, indifférente aux regards des hommes et à quelques sifflements admiratifs. Arrivée au bout de l'Esplanade, elle tourna dans une rue étroite et s'arrêta devant une petite pizzeria.

Elle descendit de voiture, pénétra dans le restaurant aux lumières tamisées et s'approcha du bar.

Algir se trouvait tout au fond. Il avait commandé un martini. Une cigarette pendait à ses lèvres minces.

Ira alla le retrouver et commanda un Coca-Cola qu'Algir paya en maugréant. Lorsque le barman se fut éloigné, Ira ouvrit son sac et en tira une petite boîte en carton qu'elle glissa dans la main d'Algir.

— C'est l'empreinte du passe-partout, dit-elle sans le regarder. Dis à Ticky que tout va bien. Dès que j'aurai les empreintes des autres clés, je te les passerai.

Algir ouvrit la boîte et se mit à examiner l'empreinte prise dans une boulette de mastic. Il se rendit compte immédiatement qu'il n'aurait aucune difficulté à fabriquer la clé.

— C'est parfait, dit-il.

Ira avala son verre et descendit de son tabouret.

— Ne file pas comme ça, dit Algir en admirant la taille svelte de la jeune fille. Je t'offre une pizza.

— Tu peux en acheter une pour toi, répondit-elle. Mais, moi, je n'en ai pas envie !

Elle quitta rapidement le restaurant, monta en voiture et revint par l'Esplanade. Elle s'arrêta devant le petit restaurant qu'elle avait adopté, y entra et se fit servir un sandwich de pain de seigle au poulet froid. Elle se mit à réfléchir tout en mangeant.

Ça faisait maintenant un mois qu'elle avait quitté New York. Le brusque passage de la pauvreté à la richesse n'avait pas produit sur elle l'impression qu'elle escomptait. En y songeant, elle se rendit compte que depuis son départ de New York, elle n'avait pas encore eu un vrai moment de bonheur. Elle savait bien pourquoi. A quoi bon vivre dans le luxe, posséder une voiture et avoir tout l'argent souhaitable, si Jess Farr ne partageait pas ce bonheur avec elle ? Sans lui, la vie était fade et insipide. C'était comme une photo floue. Elle avait envie de lui. Quatre soirs par semaine au moins, après le concert de Jazz, il la ramenait dans sa petite chambre sordide où ils faisaient l'amour passionnément et souvent brutalement... Assise là, au soleil, à grignoter un sandwich, elle sentait dans tout son être monter son désir pour Farr.

Maintenant qu'elle avait réussi à obtenir un emploi à la salle des coffres, elle résolut de ne plus attendre. Au cours des journées précédentes, elle avait trouvé qu'il était temps de donner à Jess l'occasion de venir la rejoindre. Restait à voir s'il viendrait ou non. Elle le connaissait bien. Il avait peut-être trouvé une autre maîtresse. Elle n'avait jamais été certaine de sa fidélité. Il avait usé et abusé des charmes de la fille et semblait heureux de sortir avec elle, mais elle n'était pas du tout sûre de lui, de son amour pour elle. C'était précisément l'occasion d'en avoir le cœur net. Elle allait lui écrire de venir la retrouver. S'il ne venait pas, elle en ferait son deuil. Mais s'il venait...

Elle songea pourtant, en réglant l'addition, que l'arrivée de Farr pourrait comporter certains risques. Il faudrait le mettre au courant. Mais Jess n'était pas idiot. Il comprendrait la situation. Elle serait obligée de l'empêcher de voir Mel Devon. De même, il faudrait qu'elle s'arrange pour que Ticky et Algir ne se doutent absolument pas de la présence de Farr à Paradise City.

Il faudrait lui envoyer un billet d'avion New York-Miami. Elle n'avait aucune idée du prix. Il faudrait aussi lui fournir de l'argent. D'ordinaire, quand Jess en voulait, il le volait. Mais pas question à Paradise City !

En montant en voiture, elle se dit qu'elle s'exposait à des histoires en faisant venir Jess avant d'être en fonds. L'argent qu'elle prendrait dans le premier coffre qu'elle ouvrirait serait pour Jess. C'était le moyen le plus simple.

Une vague gêne monta en elle. Elle se souvint de l'avertissement d'Edris : c'était un individu dangereux et voici qu'elle envisageait de le doubler ! Elle se redressa : « Ce n'est pas un nain haut comme trois pommes qui va me faire peur ! » se dit-elle. Elle désirait Jess et elle était bien décidée à le faire venir.

Un mètre quatre-vingts, solide et musclé, le teint parcheminé, mais criblé d'innombrables veinules éclatées, le nez bulbeux et grêlé, Hyam Wanassee tenait bien ce qu'il promettait : c'était un millionnaire du Texas, un dur à cuire, s'il en fut.

C'était le dernier jour de ses six semaines de vacances à Paradise City. Il devait s'envoler avec sa femme, le soir même, pour le Texas et il partait, la mort dans l'âme.

A la perspective de retrouver les tempêtes de sable, le vent et tous les soucis du Texas, générateurs d'ulcères, il avait un cafard fou. A soixante-trois ans, il trouvait fastidieux en diable le travail de bureau, les longues heures dans les champs de pétrole et les bavardages au téléphone. S'il n'avait tenu qu'à lui, il aurait été heureux de prendre sa retraite à Paradise City et d'abandonner à son fils la responsabilité des puits de pétrole. Il préférait par-dessus tout lézarder sur la plage en lorgnant les filles en petit bikini, boire du whisky, manger des crustacés et, le soir, jouer au Casino. Mais son épouse, une femme sèche entre deux âges, ne voulait pas entendre parler de ça.

— Quand un homme prend sa retraite, Hyam, disait-elle souvent, il fait des bêtises, et tant que j'aurai encore le moindre souffle tu ne prendras pas ta retraite !

A quinze heures, la Rolls-Royce, pilotée par le chauffeur de Wanassee, s'arrêta devant la banque de Floride. Wanassee quitta la voiture et escalada le perron de la banque.

Il était bien connu dans l'établissement et les gardes le saluèrent respectueusement.

Les gardes qui se trouvaient à la grille donnant accès au sous-sol le dispensaient toujours des formalités d'identification. L'un d'eux le salua, puis ouvrit la grille et lui fit signe de passer.

— C'est ma dernière visite, jusqu'à l'année prochaine, mes enfants, dit Wanassee en s'arrêtant. Ça a passé rudement vite, cette fois-ci !

L'un des gardes exprima l'espoir que Wanassee

s'était bien amusé ; l'autre lui dit qu'il aurait plaisir à le revoir, l'année suivante.

Wanassee acquiesça, d'un air satisfait, puis descendit l'escalier bien éclairé qui l'introduisit dans la fraîcheur de l'immense sous-sol. Le seul reproche qu'il faisait à la banque était d'avoir recruté cette Doris Machin-Chouette qu'il trouvait bien sèche. Dans les couloirs étroits et paisibles du sous-sol, on aurait pu se payer du bon temps si la préposée avait été jolie. Mais qui pourrait avoir envie de flirter avec une pucelle plate comme une limande dans le genre de Doris ?

« Mais... Hé ! hé ! hé !... Qu'est-ce que c'est que celle-là ? » Il s'arrêta brusquement, bouche bée.

Ira avait appris par le chef des caissiers l'arrivée de Wanassee. Il lui avait expliqué que c'était un client des plus intéressants, dont la fortune atteignait dix-huit millions de dollars et qu'il fallait accueillir comme un roi.

Elle était assise à son bureau lorsque Wanassee descendit l'escalier. Elle leva le nez, sourit et se leva. La lumière du plafond l'éclairait.

— Bonjour ! s'écria Wanassee. D'où sors-tu ? Qu'est-ce qu'une jolie fille comme toi fabrique ici toute seule ?

— Bonjour, monsieur Wanassee, dit Ira en s'approchant de lui. Je remplace miss Kirby pour une dizaine de jours. Elle a eu un accident.

— Vraiment ? dit Wanassee en zieutant les longues jambes bien galbées d'Ira. Un accident, vraiment ? Tu ne vas tout de même pas me raconter qu'un beau gosse l'a engrossée, non ?

— Oh ! non, monsieur Wanassee, répondit Ira en riant. Elle est tombée dans l'escalier.

— C'est le mieux qui pouvait lui arriver, observa Wanassee. (Il se rapprocha. « Quelle belle pépée ! se dit-il. C'est bien ma veine, de partir ce soir ! ») Et toi, mon petit lapin ? comment t'appelles-tu ?

— Norena Devon.

— Devon ? Mais c'est le nom du vice-président.

— C'est mon père.

— Vraiment ? dit Wanassee, l'air interloqué. Ton père ? Ma foi, je veux bien être pendu... Voilà dix ans que je fréquente l'établissement et je ne savais même pas que Mel avait une fille ! Et quel beau brin de fille !

— Je viens de quitter l'école, monsieur Wanassee, répondit Ira, l'air ingénu. Maintenant, je travaille ici.

— Et ça te plaît ?

— Ça va. Ça me fait plaisir de faire la connaissance des bons clients de papa.

— J'en suis ? demanda Wanassee en souriant.

Elle le regarda. Un de ces regards légèrement « en dessous », dont elle avait le secret. Elle savait que ça excitait toujours les hommes... surtout les vieux.

— Mais bien sûr, monsieur Wanassee ! Papa m'a recommandé d'être très gentille avec vous.

— Vraiment ? Mais tu ne le serais pas s'il ne te l'avait pas recommandé ?

— Je crois que toutes les jeunes femmes sont toujours gentilles avec vous, monsieur Wanassee, dit-elle en baissant les yeux. Vous ressemblez à l'un de ces grands héros de western. Je vous vois très bien à cheval.

— Oui, dit Wanassee en gonflant sa poitrine. Il n'y a pas beaucoup d'hommes de mon âge aussi costauds que moi.

— Votre âge ? Mais, monsieur Wanassee, qu'est-ce que vous voulez dire ? Vous n'êtes pas vieux !

Ensuite, ce fut du gâteau. Elle le mena par le bout du nez, le fit parler de lui, ce qui n'était guère difficile. Elle le regardait, les yeux brillants, débordants d'admiration. Et quand elle finit par tendre la main pour lui demander sa clé, il la lui donna sans même interrompre son récit, l'histoire de ses millions. Il la suivit tout en bavardant, le long du couloir étroit qui menait à son coffre. Elle n'eut aucun mal à imprimer la clé dans le mastic qu'elle avait dissimulé dans sa main gauche. Sans se soucier de ce qu'elle faisait, Wanassee n'avait d'yeux que pour le petit fessier qui chaloupait devant lui.

Elle s'arrêta devant le coffre, ouvrit les deux serrures et lui tendit sa clé.

— Je vais vous quitter maintenant, monsieur Wanassee. Si vous avez besoin de moi, vous n'avez qu'à sonner.

— Reste où tu es, ma petite, répondit Wanassee. J'en ai pour une seconde.

Il ouvrit son coffre et, tirant une enveloppe gonflée de sa poche, il la jeta négligemment à l'intérieur.

Ira sentit son cœur bondir en jetant un coup d'œil par-dessus l'épaule du richissime Texan. Le coffre était bourré de billets de cent dollars. Elle n'en avait jamais tant aperçu. Elle n'eut que le temps, à vrai dire, de les entrevoir, Wanassee refermait déjà la porte. Il tourna la clé et s'écarta.

— Ferme-la, ma petite, dit-il en glissant la clé dans sa poche.

Ira passa devant lui et introduisit le passe-partout dans la seconde serrure.

Wanassee en profita pour lui lorgner la croupe. La vague de désir qui montait en lui déferla soudain. C'était une occasion à ne pas manquer. La tentation était si forte qu'il ne se demanda même pas si la fille allait rouspéter.

Au moment où Ira verrouillait le coffre, elle sentit la main gauche de Wanassee qui lui caressait la fesse gauche et la pressait doucement. Elle refreina son envie de se retourner brusquement pour lui balancer un coup de poing en pleine poire. Elle ne broncha pas et quand il la pelota une seconde fois, elle tourna la tête et le regarda, les yeux ronds, l'air ahuri.

— Mais, monsieur Wanassee ! Il ne faut pas faire ça. Vraiment, il ne faut pas.

Honteux et un peu effrayé, Wanassee battit précipitamment en retraite.

— Tu as raison, dit-il, la voix rauque. Je me demande ce qui m'a pris. Je suis désolé, ma petite. Je n'aurais jamais dû.

Elle pivota et lui sourit de toutes ses dents :

— Mais je préfère de beaucoup que ce soit vous, plutôt qu'un autre, monsieur Wanassee. Vous n'avez pas idée comme on m'embête dans le métro ! Il y a des hommes qui sont insupportables ; mais vous... vous n'êtes pas comme les autres...

Wanassee poussa un soupir de soulagement. Il avait dû avoir un coup de folie pour se risquer à la peloter de cette façon-là ! Si jamais elle avait hurlé ? Si elle était allée se plaindre à son papa ?

— Ma foi, Norena, c'est gentil de dire ça. Je n'aurais pas dû le faire. Je me rends compte qu'une petite fille comme toi doit être bien persécutée ! (Il prit son portefeuille, en tira un billet de cent dollars, le replia et le lui fourra dans la main.) Ne refuse pas ça à un vieux monsieur, ma petite. Tu oublies mon geste, n'est-ce pas ? Achète-toi une petite fantaisie... et n'en dis rien à ton papa.

Il lui tapota l'épaule, se retourna et regagna la sortie. Derrière lui, Ira lui tira la langue.

— Mon beau salaud ! marmonna-t-elle en sourdine. Tu vas avoir une sacrée surprise quand tu reviendras, l'an prochain !

Ticky Edris gara sa voiture et en sortit tout raide. Il avait mal aux reins. Les longues heures de travail à « La Coquille » l'épuisaient. Maintenant qu'il était sur le point d'aboutir, le travail lui semblait plus dur, les heures plus longues. Il consulta sa montre-bracelet : il était deux heures cinquante-cinq. Ce n'était pas une heure pour rentrer du travail ! Il jeta un coup d'œil sur son immeuble et fut surpris de voir de la lumière dans son salon.

Algir n'avait pas l'habitude de l'attendre. Qu'est-ce qui se passait ? Il hâta le pas, traversa le trottoir, monta le perron et prit l'ascenseur au fond du hall.

« Je voudrais bien qu'Algir gagne du fric ! » se dit-il dans l'ascenseur. Ticky en avait assez de l'avoir comme pensionnaire.

Il ouvrit la porte de l'appartement et pénétra dans le salon.

Algir était installé à la table de la cuisine, qu'il avait transportée dans le salon et transformée en établi. Sur la table il aperçut un petit tour à pédale, un étau et divers outils. Il y avait aussi un tas d'ébauches de clés.

— Tu travailles tard ! dit Edris en se dirigeant vers le bar. Quoi de neuf ?

— Ta gueule ! C'est pas facile ! grogna Algir.

Edris se versa un whisky bien tassé, enleva ses chaussures et se laissa tomber dans son fauteuil. Il observa Algir qui transformait une ébauche, à l'aide d'une petite lime ronde dite queue-de-rat. Au bout d'une dizaine de minutes, Algir repoussa sa chaise en soupirant :

— Ouf ! Je crois que ça y est. Ça fait quatre heures que je travaille là-dessus, dit-il en se levant pour se verser un whisky. Ira est venue ce soir. Elle m'a apporté une magnifique empreinte de la clé du coffre d'Hyam Wanassee.

— Wanassee ! s'écria Edris dont le verre faillit se renverser. Mais c'est le plus riche ! Il vient tous les jours à « La Coquille ». Il lâche des quinze dollars de pourboire à chaque coup !

— Il s'est envolé ce soir. Elle va vider son coffre demain matin. C'est pourquoi je travaille si tard. Il y en a peut-être assez dans ce coffre pour nous permettre de vivre comme des coqs en pâte pendant six mois.

— Ça n'est qu'un début, Phil ! Demain, elle aura peut-être une autre clé. Il faut continuer. Pas de répit ! Il faut fabriquer ces clés dès qu'elle te passe les empreintes. Je te le répète : Ça peut nous rapporter un million de dollars... et même bien davantage !

Algir acquiesça. Il sirotait son whisky. Tout à coup, il se pencha en avant et murmura :

— Il y a quelque chose qui m'ennuie, Ticky. Quelque chose à quoi tu n'as peut-être pas pensé.

— Quoi donc ? fit Edris en le regardant d'un œil perçant.

— Il ne t'est jamais venu à l'esprit qu'Ira pourrait nous doubler ? Elle va mettre l'argent dans mon coffre, bon. Ensuite, je vais le chercher et je l'apporte ici. Qu'est-ce qui l'empêche de n'y déposer qu'une partie du fric et de garder la plus grosse part ?

— Comment voudrais-tu qu'elle le sorte ? demanda Edris. (Son regard se durcit soudain.) Toi, tu peux le sortir, parce que la banque croit qu'il t'appartient. Elle n'oserait jamais prendre des tas de fric, avec tous ces gardes à la grille.

— Oui, mais ils sont convaincus que c'est la fille de Devon. Si elle descendait avec un gros sac à main, elle pourrait sortir du fric en masse !

— Si elle est assez dingue pour courir ce risque, dit Edris après avoir réfléchi, je ne vois pas comment nous pourrions l'en empêcher.

— Ma foi, je me suis dit qu'il fallait que je t'en parle.

Edris le regarda d'un air songeur, puis se leva.

— Je vais me pieuter, dit-il en se dirigeant vers la chambre à coucher. (Il s'arrêta et se retourna vers Algir.) Tu m'as donné une idée, mon petit Phil. Si elle est capable de nous doubler, toi, tu es capable de m'en faire autant, n'est-ce pas ? Tu pourrais très bien mettre à gauche une partie des fafiots qu'elle fourrera dans le coffre et ne m'apporter que le reste, n'est-ce pas ?

— Je ne ferais jamais ça, Ticky, dit Algir qui soutint le regard d'Edris. On est associés, tous les deux.

— C'était une idée comme ça, en passant ; une mauvaise idée. Si je m'aperçois jamais que quelqu'un me double, je lui réglerai si bien son compte qu'il n'aura plus jamais envie de recommencer !

— Oh ! Va donc te coucher ! répondit Algir, excédé. Je n'ai pas fini mon travail.

Il revint à sa table et s'y installa. Edris l'observa un long moment, puis entra dans la chambre à coucher et referma la porte.

A huit heures cinquante, le lendemain matin, Ira entra en coup de vent dans un café, à une centaine de mètres de la banque. Algir était attablé dans un coin. A cette heure-là, le bar était désert et ils étaient convenus de s'y retrouver parce qu'il était proche de la banque et que personne ne les remarquerait.

Ira s'assit près d'Algir. Lorsque le barman noir s'approcha, elle lui fit un signe de la main :

— Je ne fais que passer, expliqua-t-elle. Je ne prends rien.

Le Noir haussa les épaules et retourna se plonger dans les colonnes du *Turfiste*.

— Tu l'as ? demanda-t-elle à Algir.

— Oui, répondit-il en lui passant la clé par-dessous la table. Ça doit marcher. Je viendrai à onze heures. J'aurai une serviette. Est-ce que tu pourras déposer le fric dans mon coffre avant onze heures ?

— Oh ! oui, je crois. Je vais m'y mettre dès que je serai en bas. Ça ne sera pas très facile. Son coffre est à un bout du sous-sol, le tien à l'autre, mais du moment que personne ne descend, ça peut aller.

— Fais gaffe ! Ne t'expose pas trop. Mieux vaut attendre que de tout bousiller. L'occasion ne se représentera plus.

Elle glissa la clé dans son sac. Algir examina le sac avec curiosité. C'était un sac assez grand et il se dit qu'elle pourrait y mettre pas mal d'argent.

— Ils te laissent descendre avec ce sac au sous-sol ? demanda-t-il, mine de rien.

— Pourquoi pas ? répondit-elle aussitôt. Une femme a besoin de son sac. (Elle se leva.) Il faut que je file. Je ne tiens pas à être en retard.

— A onze heures !

Elle acquiesça et s'échappa dans le soleil. Elle reprit sa voiture et alla se garer dans le parking réservé au personnel, derrière la banque. Elle était passablement inquiète et crispée. Elle avait dans son sac une lettre qu'elle avait écrite à Jess, la veille. Elle avait eu du mal à la rédiger. Elle n'avait pas voulu lui raconter le coup de la banque pour le cas où il n'aurait plus tenu à elle. Elle lui expliquait simplement qu'elle se trouvait à Paradise City, qu'elle s'ennuyait de lui et aurait bien voulu qu'il vienne la retrouver. Elle ajoutait qu'elle avait un peu d'argent, qu'elle en avait en tout cas assez pour lui payer son voyage et vivre bien à l'aise avec lui un certain temps.

La grille qui donnait accès au sous-sol n'ouvrait pas avant dix heures moins le quart. Ces trois premiers quarts d'heure lui parurent interminables. Elle travailla un peu aux comptes, bavarda avec une ou deux employées et s'efforça de ne pas regarder l'horloge trop souvent. Finalement, l'heure arriva. Elle prit son sac, traversa le hall d'un pas vif et gagna la grille où les deux gardes la saluèrent.

— Bonjour, miss, fit Aldwick, le plus âgé des deux. Nous ouvrons à l'instant.

C'était un grand rouquin, au visage constellé de taches de rousseur, à l'air bon garçon. Son compagnon, Dodge, était brun et semblait assez coriace. Il se contenta de jeter un coup d'œil à Ira, puis tourna la tête.

Aldwick lui donna le passe-partout et, pendant qu'elle signait le reçu, il commenta :

— Ça va être une rude journée, aujourd'hui, miss. Beaucoup de nos clients rentrent chez eux. M. Ross et M. Lanza doivent passer vers midi. Soignez-les bien. Ce sont deux de nos plus gros clients.

— Ils nous quittent ? demanda Ira.

— Oui. Ils ont fini leurs vacances. M. Lanza rentre au Texas, M. Ross à New York.

— Je vais guetter leur arrivée, dit-elle en souriant.

Puis elle descendit l'escalier et gagna son bureau.

Elle resta un moment au bureau et surveilla le haut de l'escalier. D'où elle était, elle ne voyait que les pieds des deux gardes. En s'accroupissant, ils pouvaient la voir. Elle posa son sac sur le bureau, ouvrit l'un des tiroirs et en tira le registre des visiteurs qu'elle ouvrit sur le bureau. Elle mit son sac par terre et regarda sa montre. Il était dix heures moins trois.

Son cœur battait et elle avait un peu mal au cœur. Elle plongea la main dans la poche de sa jupe et tâta la clé qu'Algir lui avait donnée. Elle hésita un instant, lança un coup d'œil du côté de l'escalier, puis s'engagea rapidement dans le couloir, tourna à gauche et s'approcha du coffre de Wanassee.

Lorsqu'elle fut devant le coffre, elle se rendit compte du danger qu'elle courait. Un client pouvait descendre l'escalier et arriver à son bureau sans qu'elle s'en doute. De l'endroit où elle se trouvait, elle ne pouvait apercevoir son bureau, mais si ce client, inquiet de ne pas la voir, gagnait tranquillement l'extrémité du couloir où elle se trouvait, il la surprendrait en train d'ouvrir le coffre de Wanassee.

Elle consulta sa montre : il était dix heures quatre. Doris lui avait expliqué qu'aucun client ne venait aussi tôt, mais elle devait être prête, au cas où il s'en présenterait un. Un instant, Ira ne parvint plus à maîtriser ses nerfs et esquissa un mouvement de retraite vers son bureau ; puis elle se souvint de Jess et, comprenant qu'elle ne le reverrait pas si elle n'ouvrait pas le coffre, elle se raidit et glissa le passe-partout dans la serrure. Elle tourna la clé, puis, prenant celle d'Algir, elle l'introduisit dans l'autre serrure. Elle eut du mal à manœuvrer la clé, mais elle insista et la serrure s'ouvrit. Elle s'immobilisa un long moment, les mains moites, le souffle suspendu. Aucun bruit. Et si un client l'attendait à son bureau ? Qu'est-ce qu'il ferait ? Combien de temps attendrait-il avant d'appeler les gardes pour leur dire qu'elle n'était pas à son poste ?

Elle n'en pouvait plus. Elle courut sur la pointe des pieds au bout du couloir et jeta un coup d'œil à son bureau. Personne ne l'attendait. Elle entendait les gardes faire lentement les cent pas devant la grille. Un murmure de voix et le bruit assourdi des machines à écrire lui parvenaient.

Elle s'essuya les mains sur sa jupe puis, reprenant son souffle, elle courut au coffre de Wanassee. Elle ouvrit alors la porte. A la vue des liasses de billets de cent dollars entassées les unes sur les autres, sa bouche se dessécha soudain. Elle avança le bras et prit une liasse. Chacune contenant vingt-cinq billets... Deux mille cinq cents dollars ! C'était plus d'argent qu'elle n'en avait jamais eu de toute sa vie, mais ce n'était pas suffisant pour le billet de Jess et ses faux frais. Elle prit une seconde liasse, puis, relevant sa jupe, elle glissa les deux dans sa gaine. Elle avait mis exprès, ce matin-là, une gaine et une jupe plissée un peu large. Il lui fallut un petit moment pour arranger les billets. Enfin, sûre qu'ils ne glisseraient pas, elle baissa sa jupe.

Elle revint au coffre. Maintenant, il s'agissait de transporter le plus grand nombre possible de billets dans le coffre d'Algir. Il y en avait tellement ! Elle allait être obligée de faire au moins trois voyages. Elle perdit encore courage puis, faisant un effort sur elle-même, elle prit autant de liasses que ses mains pouvaient en contenir. Elle les disposa en piles sur le sol, puis plongea à nouveau les mains dans le coffre. Ce faisant, elle entendit des pas qui approchaient.

Un instant, son émotion fut si forte qu'elle

sentit un voile noir l'aveugler. Elle s'adossa au mur ; le cœur lui manqua : elle était glacée d'horreur.

Quelqu'un descendait l'escalier !

Elle abandonna l'argent tel quel, laissa le coffre ouvert, courut à perdre haleine dans le couloir et s'engagea dans la partie qui menait à son bureau.

Debout, près du bureau, Mel Devon la regardait, les sourcils froncés, d'un œil chargé de reproches.

Elle s'immobilisa. Elle songea au coffre ouvert, aux billets entassés sur le sol. Il n'avait que quelques mètres à franchir pour comprendre ce qu'elle était en train de faire ; déjà il se dirigeait vers elle.

Elle fit un effort qui la laissa livide, maîtrisa sa panique et s'obligea à se porter à sa rencontre.

— Bonjour, papa, s'entendit-elle dire.

Mel s'arrêta et attendit qu'elle vienne à lui.

— Qu'est-ce que tu fabriques ? lui demanda-t-il en la regardant attentivement. Ça ne va pas ?

— Mais si. Pourquoi ? M. Lanza Junior va venir à midi. Je m'assurais que je savais bien où se trouvait son coffre, dit-elle en mentant aisément, étonnée de trouver cette excuse à l'improviste.

— Oh ! Je me demandais où tu te trouvais. (Il l'examina de nouveau attentivement.) Tu es sûre que tout va bien ? Tu es toute pâle.

— Mais oui, tout va bien.

Elle passa devant lui pour gagner son bureau. Il fit demi-tour et la suivit.

— Tu ne te sens pas bien, Norena ?

— Oh ! laisse-moi tranquille ! dit-elle d'un ton

excédé. Si tu veux tout savoir, j'ai mes règles. Je suis toujours comme ça, quand ça m'arrive.

Surpris et un peu gêné, Mel prit le registre des visiteurs et y jeta un coup d'œil.

— Je suis désolé, ma chérie, dit-il. Je ne fais que des gaffes. Personne n'est encore venu ?

— Non.

— Tu as trouvé le coffre de Lanza ?

— Oui.

Elle s'assit au bureau, ouvrit un tiroir et y prit une liasse de feuilles de comptes.

— Si tu n'as pas d'autres questions à me poser, papa, je préfère continuer mon travail. Il faut que je vérifie cette liste.

— Je suis simplement descendu pour jeter un coup d'œil. J'aime à m'assurer que le sous-sol est bien tenu. Continue ton travail.

Horrifiée, elle le vit alors pivoter sur les talons et s'avancer lentement vers le couloir qui menait au coffre de Wanassee.

— Papa ! s'écria-t-elle.

— Quoi ? demanda-t-il en se retournant.

Elle chercha désespérément un moyen de le retenir.

— Quand est-ce que je vais faire la connaissance de Joy Ansley ? demanda-t-elle, à tout hasard.

Son instinct lui avait soufflé que la seule chose susceptible de détourner Mel du coffre de Wanassee était le nom de Joy Ansley. Elle ne s'était pas trompée. Un sourire radieux illumina le visage de Mel.

— Je croyais que tu ne voulais pas la voir ? - dit-il en revenant au bureau.

— Mais si. Je voudrais bien… Si toutefois elle accepte.

— Bien sûr. Nous avons souvent parlé de toi. Nous devons dîner ensemble ce soir. Tu veux venir ?

— Entendu. (Elle pianotait sur le bord de son bureau.) Tu es amoureux d'elle, n'est-ce pas ?

— Ça fait longtemps que je la connais, répondit Mel avec circonspection.

— Tu vas l'épouser ?

Il fronça les sourcils. Elle ne le regardait pas. Elle semblait se soucier beaucoup plus des gammes qu'elle pianotait sur le bureau que de ce qu'allait répondre son interlocuteur.

— Ça t'ennuie ?

— J'ai à vivre ma vie, dit-elle en le regardant dans les yeux. Et, toi, la tienne. Ce que tu fais ne me regarde pas.

— Mais voyons, Norena, ce n'est pas vrai ! (Il s'accouda au bureau.) Tu es ma fille ; mon foyer est le tien, maintenant. Si j'épousais Joy, est-ce que ça t'ennuierait qu'elle vienne vivre avec nous ?

— Donc, tu songes à l'épouser ?

— Maintenant que ta mère est morte… oui, j'y songe. Ça fait seize ans que je vis seul. Mais ça t'ennuierait ?

— Non.

— Tu en es sûre ? demanda-t-il en scrutant le visage impassible de la jeune fille.

— Quand je dis quelque chose, j'en suis sûre. Je te répète que ça ne m'ennuierait pas.

— Tu te plairas en sa compagnie, Norena. Ce sera une camarade pour toi.

— Je n'ai pas besoin de camarade. C'est à toi

qu'elle tiendra compagnie. Soyons bien d'accord là-dessus. Un de ces jours, je me marierai. A ce moment-là, tu seras bien content d'être avec elle. Mieux vaut en finir le plus tôt possible. Moi, je ne pourrais jamais attendre un homme aussi longtemps que ça.

— Au moins, toi, tu es franche !

— Pourquoi pas ? demanda-t-elle.

Il éclata de rire.

— Eh bien, à ce soir ! Quand tu auras vu Joy, nous en reparlerons.

— De deux choses l'une : tu l'aimes, ou tu ne l'aimes pas, articula Ira en le regardant bien dans les yeux. Si tu l'aimes, il faut l'épouser. Sinon, dis-le-lui et rends-lui sa liberté !

Le téléphone sonna. Ira prit l'appareil.

— Je crois que M. Devon est avec vous, miss Devon ? dit une voix au bout du fil. M. Goldsand attend M. Devon.

Ira poussa un soupir de soulagement.

— On te demande à ton bureau, papa, dit-elle en reposant l'appareil. Un certain Goldsand.

— Ah ! oui ! Je te verrai à la maison, dit Mel en remontant l'escalier à grandes enjambées.

Dès qu'il eut disparu, Ira courut vers le coffre de Wanassee. Elle prit les liasses de billets et les rejeta dans le coffre, en referma la porte, la verrouilla et, reprenant les clés, courut à son bureau. Elle y demeura immobile plusieurs minutes pour récupérer puis, après avoir écouté attentivement, elle ouvrit son sac, releva sa jupe, prit l'argent qu'elle avait volé et fourra les deux liasses dans son sac qu'elle glissa dans le tiroir.

Quelques minutes avant onze heures, Algir déclina son identité aux deux gardes qui ouvrirent la grille et l'invitèrent à descendre. Il avait une serviette et il était tout excité. « Enfin, se disait-il, voilà mes problèmes financiers résolus. »

Mais dès qu'il vit le visage blême et les traits tirés d'Ira, il comprit qu'il y avait un pépin.

— Qu'est-ce qui se passe ? lança-t-il à voix basse. La clé ne marche pas ?

— Elle marche très bien. (Elle se leva et vint se placer devant le bureau.) J'ai failli me faire piquer. Je ne peux pas tenir le coup toute seule !

— Tu veux dire que tu n'as pas le cran nécessaire, lâcha Algir, rouge de colère.

— Oh ! la ferme ! Ticky et toi, vous étiez fous de penser que je pourrais agir toute seule. J'ai été folle d'accepter votre proposition. Le coffre de Wanassee est à deux pas. N'importe qui peut venir ici pendant que je vide le coffre et on me tombera sur le poil avant que je m'en aperçoive. Devon est venu. Il a failli me surprendre. L'argent était par terre et la porte du coffre ouverte.

Algir saisit immédiatement la situation. Il comprit, en la voyant si nerveuse, la peur bleue qu'elle avait eue. C'était Ticky qui avait eu cette idée-là. Il n'y avait pas assez réfléchi.

— Tu as raison, dit-il. Je vois bien que tu ne peux pas agir toute seule. C'est bon, je suis là. J'y vais pendant que tu surveilles. Où sont les clés ? (Elle les lui donna.) Où est le coffre ?

— C'est le premier à gauche dans le couloir : A 472.

— S'il arrive quelqu'un, laisse tomber ça par terre, dit-il en lui montrant un cendrier de cuivre qui se trouvait sur le bureau. D'accord ?

Elle acquiesça.

— Il y a beaucoup d'argent dans le coffre ?

— Plus que tu ne pourras en transporter.

— Tu serais surprise de voir tout ce que je peux transporter quand il s'agit d'argent.

Il la quitta et se dirigea à grands pas vers le coffre de Wanassee.

CHAPITRE VI

Ira était dans son lit, incapable de dormir. Le clair de lune qui entrait par la fenêtre ouverte éclairait la moquette blanche. Au fond du bungalow, une pendule se mit à sonner minuit.

Ce qui la tenait éveillée, c'était la pensée obsédante et agaçante qu'elle était maintenant une voleuse chevronnée. Les petits larcins qu'elle commettait avec tant de succès dans les boutiques de New York ne relevaient que des tribunaux pour la jeunesse délinquante ; mais elle venait d'être promue dans la catégorie des « gros coups », des affaires sérieuses. Elle risquait fort d'écoper d'une longue peine de prison si elle se faisait agrafer. Or, elle avait bien failli se laisser surprendre ! Un sentiment de honte l'envahit en songeant à la tête qu'aurait faite Mel s'il avait vu le coffre de Wanassee ouvert. La honte était un sentiment qu'elle n'avait encore jamais éprouvé et ça la gênait beaucoup.

« Ces dernières semaines m'ont transformée, se dit-elle. J'ai tout de la cavette, maintenant. Je m'en rends bien compte. »

Elle avait beau éprouver quelque répugnance à

le reconnaître, elle sentait bien qu'à voir Mel devenir de jour en jour plus affectueux à son égard, elle subissait son influence. Non seulement elle commençait à s'y habituer, mais en fait, ce genre de vie bien réglée lui plaisait. Elle avait son train-train quotidien ; elle se levait à la même heure chaque matin ; elle allait au travail ; ça marchait bien et elle se faisait une réputation qu'elle n'aurait jamais espéré acquérir sans les conseils de Mel, sans la haute situation qu'il avait à la banque…

Elle se retourna dans son lit. Elle était également gênée que sa rencontre avec Joy Ansley ait été une telle réussite. Décidée à garder ses distances au début de la soirée, elle avait vu son hostilité à l'égard de Joy fondre devant l'amicale sympathie et la sérénité de cette femme. Ils avaient dîné tous les trois au club de la plage ; elle s'était bien amusée à regarder les nageurs dans la piscine illuminée et à écouter l'orchestre jouer en sourdine de l'excellent swing. Après le repas, Mel les avait ramenés chez Joy, où Ira avait fait la connaissance du juge Ansley.

Six semaines auparavant, la perspective de rencontrer un juge l'aurait fait mourir de rire, mais ce grand vieillard maigre de quatre-vingts ans au regard clair et perçant l'avait impressionnée comme personne jusque-là. Il avait été gentil et simple, l'avait bien accueillie, l'avait emmenée dans son bureau pour lui montrer son petit « Musée noir », plein de souvenirs sur diverses affaires de meurtre qu'il avait jugées. Elle avait bien essayé de considérer tout cela comme passablement « cave » mais Ira s'était surprise à regretter de partir, lorsque Mel avait annoncé qu'il était temps de rentrer.

— Revenez me voir, avait dit le juge. J'aime bien les visages jeunes. Venez prendre le thé avec moi, dimanche. Joy sera à la plage avec votre père. Si vous n'avez rien de mieux à faire, nous pourrions bavarder.

Elle avait failli accepter, puis elle s'était dit qu'il fallait être vraiment ramollie pour envisager de tenir compagnie à une vieille barbe comme le juge. Elle avait répondu qu'elle était malheureusement prise pour le week-end et elle avait coupé court.

Mais maintenant, tout en se tournant et retournant dans son lit, elle avait envie de bavarder avec le juge.

— Mais je n'irai pas, dit-elle à mi-voix. Qu'est-ce qui m'arrive, bon sang ? Jess sera ici, dimanche. Jess !

A midi, elle avait posté la lettre à Jess et lui avait envoyé un mandat de cinq cents dollars pour couvrir le prix du billet et ses faux frais. Elle avait hésité à envoyer l'argent. Si jamais il le gardait et ne venait pas ? Le seul fait de penser à Jess lui fit couler plus vite le sang dans les veines. Son cœur se mit à battre à grands coups. Elle se força à récapituler les événements de l'après-midi.

Elle n'avait pas eu de mal à prendre l'empreinte de la clé de M. Lanza Junior. Ce texan gros et court avait été l'exacte réplique d'Hyam Wanassee. Non seulement il avait pris des libertés avec elle, mais il avait essayé de l'embrasser. Elle avait dû le menacer d'appeler les gardes pour qu'à contrecœur il lui laisse la paix. Mais elle avait tout de même réussi à prendre l'empreinte de sa clé, bien qu'il l'eût congédiée au moment d'ouvrir son coffre.

L'autre client, M. Ross, était un grand gaillard brun, aux yeux d'acier, qui portait la clé de son coffre au bout d'une longue chaîne d'or attachée à un bouton de son pantalon.

Elle avait senti immédiatement qu'il ne s'en séparerait pas et elle n'avait pas insisté pour la lui prendre.

« En tout cas, avait-elle conclu, deux clés sur trois, ça fait une bonne moyenne. Edris ne pourra pas se plaindre. »

En quittant la banque, elle s'était rendue au café d'en face et avait refilé à Algir l'empreinte de la clé de Lanza Junior.

— Je viendrai à onze heures, avait-il déclaré. Je n'ai pas encore vu Ticky. Nous nous retrouverons chez lui demain après six heures pour partager le butin. Le petit paquet de Wanassee se monte à quelque chose comme cinquante mille dollars. Dommage que tu n'aies pas pu obtenir la clé de Ross. Je parie qu'il y a des masses de fric dans son coffre.

— Je ne peux pas faire de miracles, avait-elle répondu sèchement

En regagnant sa voiture, elle s'était brusquement rendu compte qu'elle était satisfaite de n'avoir pas réussi avec Ross.

Pourquoi ? se demandait-elle en considérant le plafond éclairé par la lune. De plus, elle s'en apercevait maintenant, elle n'avait éprouvé aucune satisfaction en apprenant d'Algir qu'il avait fauché cinquante mille dollars à Wanassee. Six semaines plus tôt, elle aurait été folle de joie.

C'est alors qu'elle commença à comprendre

qu'elle n'avait plus besoin d'argent. Elle avait ce qu'elle avait toujours désiré : la sécurité, une situation, une maison, une voiture et un père.

Elle avait acquis tout cela sans s'exposer au moindre risque. Personne ne découvrirait jamais qu'elle n'était pas Norena Devon. Mais si elle continuait à voler de l'argent à la banque, quelqu'un s'en apercevrait peut-être et elle serait alors dans de beaux draps. Elle se dressa sur son séant.

« Et si je ne marche plus ? se dit-elle. Si je vais raconter à Ticky que je ne veux plus prendre d'empreintes de clés ? »

Elle se souvint de l'éclair de méchanceté dans le regard du nain quand il l'avait mise en garde contre l'ennui. Il ne fallait pas le sous-estimer. Il était dangereux. Il fallait savoir le prendre. Le plus simple peut-être, ce serait de demander à Mel de la remettre aux comptes courants. Ticky ne pourrait rien trouver à redire.

Elle finit par se dire qu'elle ne ferait rien dans ce sens avant l'arrivée de Jess. Elle se sentirait beaucoup plus en sécurité quand il serait là pour la protéger. Il était bien capable de se charger de Ticky et d'Algir. A la fin de la semaine, elle demanderait à Mel de quitter le sous-sol et raconterait à Algir qu'elle ne pouvait plus se procurer de clés.

Heureuse d'être arrivée à cette décision, elle se coucha sur le flanc et ferma les yeux.

Le lendemain matin, peu avant onze heures, Algir descendit au sous-sol.

Ira venait de conduire un client à son coffre et

elle s'immobilisa lorsqu'elle aperçut Algir. Il portait un complet tropical crème et un chapeau de paille tout neufs. Elle songea, mal à l'aise, qu'il était déjà en train de claquer sa part et elle se demanda, prise de panique, si les billets ne risquaient pas de les trahir.

— Bonjour ! dit Algir en souriant. (Il semblait sûr de lui et en s'approchant de lui, elle fleura son haleine chargée de whisky.) Allons-y, mon petit, dit-il en agitant sa serviette.

— Parle moins fort, dit-elle sévèrement. Il y a trois clients, ici.

— Qu'est-ce que ça peut faire ? Ils ne connaissent pas mon coffre. Allons, mon petit. Grouille-toi.

Elle le conduisit, par l'étroit couloir, au coffre de Lanza Junior.

— Au travail ! dit Algir tandis qu'elle ouvrait le verrou. Retourne à ton bureau.

Elle l'abandonna tandis qu'il prenait dans sa poche la clé qu'il avait fabriquée la veille. Un nouveau client l'attendait à son bureau ; elle le conduisit à son coffre. Au moment où elle regagnait son bureau, elle aperçut Algir qui sortait du couloir où se trouvait le coffre de Lanza Junior. Il avait l'air furieux et une lueur de méchanceté brillait dans son regard.

— Qu'est-ce qui se passe ? demanda-t-elle en le regardant.

— Il est vide, grogna-t-il. Il n'y a que des obligations et des actions. Tu parles ! Tout ce boulot qu'on a fait pour rien !

Elle se sentit soulagée :

— Ce n'est pas ma faute !

— Tu ferais bien de te débrouiller pour prendre de nouvelles empreintes ! Tâche de m'en trouver une pour midi. Je t'attendrai au bar d'en face.

— Je ferai ce que je pourrai.

Il la regarda d'un air menaçant.

— Et tâche que ce soit mieux la prochaine fois ! grogna-t-il en s'éloignant.

Elle revint à son bureau et s'assit. Elle devenait nerveuse. « Je deviens de plus en plus cavette », se dit-elle. Un mois auparavant, elle aurait craché sur Algir s'il l'avait menacée, mais aujourd'hui le visage furibond du casseur l'avait ébranlée.

Elle se souvint alors d'avoir aperçu, dans l'un des tiroirs du bureau, un certain nombre de clés pour les coffres vides à louer à de nouveaux clients. Elle pouvait prendre les empreintes de trois ou quatre de ces clés. Ça tiendrait Algir en haleine. Comment pouvait-elle savoir si un coffre était vide ou non ?

A midi, elle alla retrouver Algir au café, à sa table habituelle. Dès qu'il la vit, il se leva.

— Tu as quelque chose ? demanda-t-il.

Elle se sentait fébrile. Elle fit oui de la tête.

— Deux, dit-elle, en lui tendant une petite boîte contenant les empreintes qu'elle avait prises sur les clés des coffres libres.

— A qui sont-elles ?

— M. Cruikshank et Mme Rhindlander, dit-elle en inventant ces noms à l'improviste. Ils sont riches tous les deux et ils partent ce soir.

— Tu as regardé dans leur coffre ?

— Non. (Il la regarda d'un air soupçonneux et elle dut se forcer à croiser son regard.)

— Mais alors, comment as-tu fait pour prendre les empreintes ?

— Ils me laissent ouvrir le verrou, mais pas la porte. Ça te suffit ?

— Eh bien, je souhaite pour ton bonheur que les coffres en contiennent un peu plus que celui de cet enfant de putain de Lanza.

— C'est ma faute s'il n'y a pas d'argent dans le coffre ? riposta Ira. Je fais ce que Ticky me dit. Je ne peux pas faire de miracles.

— J'ai déjà entendu ça quelque part, répondit Algir sans la quitter des yeux. Je te retrouverai chez Ticky à six heures.

Ira n'avait aucune envie de se rendre chez Ticky, mais elle avait peur de ne pas y aller. Ils allaient partager l'argent de Wanassee. Qu'est-ce qu'elle allait faire de sa part ?

Si elle avait pu la remettre dans le coffre de Wanassee, elle l'aurait fait, mais Algir en avait gardé la clé. Elle résolut de demander à Ticky de lui garder sa part ; elle lui expliquerait qu'elle ne savait pas où mettre cet argent. Si l'on découvrait le pot aux roses, elle pourrait du moins prouver qu'elle-même n'avait pas touché d'argent.

Au moment où elle quittait la banque, peu après six heures, elle aperçut Mel qui traversait le hall ; elle s'arrêta et lui sourit.

— Comment ça s'est passé ? s'enquit-il. (Il lui prit le bras et descendit les marches avec elle pour gagner le parking.)

— Oh, très bien, dit-elle.

— Tu n'as pas l'air très enthousiaste. (Il la regarda et, la voyant hausser les épaules, il poursuivit) : Tu t'ennuies là-bas ? Si tu t'ennuies, tranquillise-toi. Ça ne durera pas plus de quinze jours.

Elle se raidit et s'immobilisa soudain.

— Quinze jours ? Mais je ne veux pas rester enterrée si longtemps ! Je voudrais bien revenir aux comptes courants à la fin de cette semaine-ci.

— Il faut prendre ton travail au sérieux, Norena, dit-il en souriant. On sait maintenant que miss Kirby ne reviendra pas d'ici à deux mois au moins. Crawsure estime que ce serait une bonne idée de faire une mutation. Un employé de notre succursale de New York viendra te remplacer, mais il ne sera pas libre avant la fin du mois. Il faudra que tu continues jusque-là.

Ira allait protester, mais elle se maîtrisa quand elle vit que son père la dévisageait d'un air surpris.

— Après tout, Norena, dit-il, c'est toi qui as voulu occuper ce poste. Je t'ai bien dit que tu t'y ennuierais, mais maintenant nous ne pouvons pas nous passer de toi. Ça ira ? demanda-t-il en souriant.

« Encore quinze jours ! » se dit-elle, inquiète. Elle n'arriverait jamais à continuer à mener Ticky et Algir en bateau pendant quinze jours encore, et pourtant elle ne pouvait pas refuser. Puis elle songea à Jess et au télégramme qu'elle avait reçu dans l'après-midi. Il arrivait le soir même. Avec Jess près d'elle, elle était tranquille.

— Oh ! après tout, oui ! dit-elle en haussant les épaules.

— Bon. Je vais voir Joy, dit Mel. Je vais lui demander de m'épouser, Norena. Tu m'accompagnes ? Tu bavarderas avec le juge.

— Pas ce soir, papa, dit-elle, en secouant la tête. J'ai des choses à faire. (Elle s'avança vers sa voiture, puis se retourna et lui lança :) Bonne chance !

Mel la regarda monter en voiture, prit la sienne et poussa un long soupir en s'éloignant.

« Ça commence à marcher, se dit-il. Non seulement elle s'adapte, mais elle commence à m'accepter. »

Ira se rendit à toute allure à Seacombe. Elle s'arrêta devant l'appartement d'Edris, quitta sa voiture et pénétra dans l'immeuble. Son cœur battait un peu trop vite et elle était nerveuse.

Dans l'ascenseur, elle se dit qu'elle n'avait aucune raison d'avoir si peur. Algir ne se rendrait pas compte avant le lendemain que les deux coffres étaient vides et c'est alors qu'il lui ferait des histoires. Mais, à ce moment-là, Jess serait là pour la protéger.

Elle arrêta devant la porte d'Edris. Son cœur battait toujours. Elle avait le pressentiment du danger et ce pressentiment ne la trompait jamais. Elle hésita, puis serra les dents et sonna.

Il y eut un moment de silence, puis la porte s'ouvrit brusquement et Edris la regarda. Il était pâle et ses petits yeux étaient aussi dénués d'expression que du verre poli.

— Ah ! te voilà ? dit-il. Tu es en retard. Entre donc.

Elle hésita. Par la porte ouverte, elle aperçut Algir debout près de la fenêtre, les mains dans les poches, une cigarette aux lèvres.

— Eh bien, entre, dit Edris. (Elle perçut une note d'impatience dans la voix du nain.)

Elle pénétra dans le grand salon et Edris referma la porte. Le cœur lui manqua lorsqu'elle entendit la clé tourner dans la serrure. Elle s'avança jusqu'au milieu de la pièce et s'arrêta.

Elle se retrouva soudain dans l'atmosphère

d'une ruelle de Brooklyn. Comme un chat-tigre qui flaire le danger, elle cessa d'avoir peur. Sous le coup de cette menace inopinée, le vernis de douceur qui l'enrobait depuis quelques semaines venait de craquer.

Elle fit trois pas rapides qui l'amenèrent au mur, se retourna et fit face aux deux hommes, les yeux sombres et brillants, la bouche serrée.

— Espèce de sale garce, tu l'auras voulu ! s'écria Algir d'une voix rauque. Eh bien, tu l'auras. J'attends ce moment-là depuis que je t'ai rencontrée. Tu vas voir de quel bois je me chauffe !

Tandis qu'il débouclait sa ceinture, Ira chercha une arme autour d'elle. A portée de sa main se trouvait un lourd cendrier qu'elle attrapa au moment où Algir détachait la ceinture.

— Si tu bouges, espèce de tordu, dit-elle d'une voix assurée, le visage blême, mais résolu, je balance ce truc-là dans les vitres. Après ça, tu pourras t'expliquer avec les flics.

— Laisse tomber ! lança Edris à Algir d'un ton sans réplique. C'est moi qui me charge de ça. Je te l'ai bien dit, c'est moi !

Algir hésita, regarda fixement Ira, puis avec un grognement d'exaspération, il balança la ceinture sur le sofa.

— Très bien, dit Edris en allant s'asseoir dans son fauteuil. Assieds-toi, Ira. Toi aussi, mon petit Phil.

Ira regardait tour à tour Edris et Algir ; sans lâcher le cendrier, elle s'assit sur une chaise contre le mur. Elle avait du coton plein la bouche et son cœur battait à tout rompre. Elle se demandait ce qui s'était passé. Elle redoutait plus

Edris qu'Algir. Le calme du nain avait un côté sinistre, bien plus redoutable que la colère aveugle d'Algir, qui se rassit finalement en marmonnant des menaces.

— Je te croyais fortiche, articula Edris doucement en regardant Ira. Ç'aurait été si simple d'indiquer à Phil deux noms qui tenaient debout ! Mais tu as eu la bêtise de les inventer ! Ton M. Cruikshank et ta Mme Rhindlander n'ont pas de comptes à la banque. J'ai vérifié.

Ira s'efforça de rester impassible. « Bien sûr, j'ai fait une gaffe », se dit-elle. Mais comment aurait-elle pu deviner que ce monstre se méfiait d'elle ?

— Où veux-tu en venir ? poursuivit Edris. Est-ce que tu savais aussi qu'il n'y avait pas d'argent dans le coffre de Lanza ?

— Je n'en savais rien, répondit-elle.

— Ces deux clés que tu as données à Phil... à qui sont-elles ?

Elle hésita, puis elle se décida à jouer cartes sur table. Le tournant décisif arrivait plus vite qu'elle ne l'aurait voulu, mais les deux malfrats n'oseraient pas la toucher dans l'appartement de Ticky. Elle entendait des accords musicaux provenant d'un poste de télévision dans l'appartement du dessous. Elle n'était pas seule dans cet immeuble. Elle pourrait balancer le cendrier dans la vitre avant qu'ils ne s'attaquent à elle et elle hurlerait. Non, ils n'oseraient pas s'y risquer.

— A personne, dit-elle tranquilllement. Les coffres sont vides.

Algir lui lança une injure ignoble. On eût dit qu'il allait se jeter sur elle, mais Edris lui fit signe de ne pas bouger.

— Tu n'as donc plus de courage, Ira ? demanda Edris en se croisant les jambes, une lueur méchante dans les yeux.

— T'as raison. C'est ça. J'abandonne. Inventez autre chose pour vous remplir les poches, mais, moi, je ne marche plus.

— J'avais prévu cette éventualité, mais je pensais que tu tiendrais le coup. Je me disais que tu étais l'équipière rêvée pour ce coup-là. Tu l'es toujours. Mais tu n'en sais rien.

Elle ne répondit rien.

— Tu vas continuer, poursuivit tranquillement Edris. Demain tu vas donner à Phil au moins deux empreintes de clés et il faudra que ce soit des clés de coffres où il y a du fric. Compris ? Si tu obéis, je passerai sur cette petite défaillance.

— J'ai laissé tomber, déclara Ira. Y a rien à faire. Je reste comme ça.

— Laisse-moi m'occuper de cette sale garce ! s'écria Algir. Je vais...

— Boucle-la ! coupa Edris sans quitter Ira des yeux. Tu as ce que tu veux, c'est bien ça, Ira ? Tu as un foyer, du fric et un père. C'est bien ça, non ? L'envie d'avoir du fric, ça ne te dérange plus, hein ? C'est bien ça ?

— Oui, à peu près. Et tu ne peux rien y faire, c'est comme ça, Ticky.

— Vraiment ? répondit Edris en souriant. Mais, moi, mon petit, je n'ai pas perdu le goût de l'argent. Je n'ai pas encore tout ce que je veux.

— Alors, va le prendre, mais laisse-moi tranquille.

— Non, mon petit. Tu as commencé et tu vas continuer.

Ira le dévisagea un bon moment, puis se leva :

— Je m'en vais, maintenant. Si vous bougez, je balance ce truc dans la fenêtre, dit-elle en montrant son cendrier.

— Pas si vite, mon petit ! fit doucement Edris. Je voudrais t'expliquer pourquoi tu restes avec nous. Tu restes avec nous parce que tu ne peux pas laisser tomber, maintenant. Tu aimes bien Devon, non ?

Ira ne broncha pas.

— Je l'aime bien ? Pourquoi veux-tu que je l'aime bien ?

— Allons, voyons, dit Edris en riant, tu t'imagines que je ne t'ai pas vue changer ? C'est un bon petit papa non ? Il te donne tout ce que tu veux. Ça fait une différence avec l'autre, hein ?

Ira pâlit soudain.

— Je me demande ce que Devon dirait si ton ivrogne de père se rendait à la banque pour te réclamer, poursuivit Edris. Tu aurais des tas d'explications à fournir, mon petit. Je ne pense pas que tu réussirais à t'en tirer. Et puis, quand on apprendrait que tu es la belle-sœur de Devon et non pas sa fille, et que vous vivez ensemble depuis des semaines, ça ferait un drôle de ramdam dans notre petit patelin ! De son côté, la presse fourrerait son nez dans le passé de Muriel. Combien de temps crois-tu que Devon garderait son poste après un pareil scandale ? Ça ne serait plus si drôle pour toi, n'est-ce pas, ma poupée jolie ?

Ira restait toujours silencieuse, mais Edris comprit, à la façon dont elle avait tressailli, qu'il avait marqué un point.

— Allons, oublions tout cela, poursuivit-il. Phil viendra au café demain chercher au moins deux empreintes de clés. Tu les lui donneras, à moins bien entendu que tu ne préfères revoir ton vrai papa. Autre chose. Tu ne toucheras pas ta part tant que tu n'auras pas fait ton boulot. Mais ça ne te gênera guère, puisque Devon est là pour te moucher et te donner du fric, n'est-ce pas ?

Ira le considéra un long moment, puis reposa le cendrier, ouvrit la porte et sortit.

Edris regarda Algir et cligna de l'œil.

— Les moyens psychologiques, mon petit pote, ça vaut toujours mieux que la bagarre. Cette petite dinde est à moitié amoureuse de Devon. Tu auras les clés demain. Tu paries ?

Au moment où Ira arrivait à l'aéroport de Miami, les aiguilles de la grande horloge indiquaient vingt heures quinze. Elle avait dix minutes d'attente avant l'atterrissage de Jess.

En revenant de chez Edris, elle avait réfléchi aux moyens de sortir du piège où elle était tombée. C'était un piège bien monté, car Ticky savait qu'elle ne pouvait le dénoncer sans se compromettre elle-même. Il avait également joué sur le fait qu'elle était plus attachée à Devon qu'elle ne s'en était rendu compte, mais c'était juste : elle ne pouvait accepter de le compromettre dans un scandale qui lui ferait perdre sa situation à la banque ; de même, impossible d'admettre qu'elle allait elle-même perdre sa situation et tout ce qu'elle comportait. « Il doit y avoir un moyen de s'en sortir », ne cessait-elle de se répéter, mais elle n'en trouvait pas.

Ira mettait tous ses espoirs en Jess qui était un homme de ressources. Si elle lui expliquait la situation, elle espérait bien qu'il trouverait une solution. Elle refusait de se souvenir que la plupart des initiatives de Jess avaient été jusqu'alors puériles et vouées à l'échec. Elle ne voulait pas non plus reconnaître qu'il n'avait aucune chance contre l'expérience et la malice d'Edris. Elle se répétait que Jess allait lui trouver un moyen de se tirer d'affaire. Elle en était sûre.

Les haut-parleurs annoncèrent l'arrivée de l'avion de New York et elle gagna la baie qui surplombait les pistes.

Quelques minutes plus tard, elle vit le gros appareil s'avancer sur la piste. Au bout d'un moment, les passagers en descendirent pour gagner le bâtiment central.

Elle aperçut Jess et elle se raidit ; le cœur lui manqua. Elle lui avait envoyé de l'argent pour s'habiller et elle espérait bien qu'il serait présentable, mais elle avait oublié que Jess se fichait pas mal de sa tenue. Il avait toujours son blue-jean collant d'un bleu passé et le vieux blouson de cuir noir qu'il portait quand elle l'avait vu pour la dernière fois. Ses bottes à la mexicaine étaient avachies et ses talons tout éculés. Pendu à l'épaule par un gros cordon, il portait un sac de toile jaune sale.

Jess était grand et mince. Il avait le teint brouillé, des épaules étroites, de grosses mains rouges et des jambes d'échassier. Ses cheveux noirs et gras lui descendaient sur la nuque et une épaisse mèche lui retombait sur les yeux. Il avait de beaux traits réguliers, mais la bouche était trop petite et les lèvres trop minces. A la joue droite, une cicatrice profonde rappelait l'époque où, chef de gang, il livrait les batailles à coups de bouteilles. Il avait l'air de ne pas s'être lavé depuis des jours et semblait avoir grand besoin de se raser.

Ira le regarda déambuler d'un air arrogant, entouré d'hommes d'affaires bien mis, accompagnés de leur épouse. Elle se rendait bien compte, à la façon dont ils le regardaient, qu'ils étaient gênés par la présence parmi eux d'un *beatnik* de cet acabit.

En l'observant plus attentivement, elle comprit, prise d'une panique soudaine, à quel point elle avait elle-même changé au cours des dernières semaines. Son nouveau milieu avait complètement bouleversé ses idées et sa façon de voir. Elle en était à se demander si elle avait vraiment pu être amoureuse d'un voyou aussi crado. Est-ce que c'était là vraiment le Jess qu'elle avait conquis de haute lutte, le Jess à qui elle obéissait comme une esclave ? Elle éprouva encore un sentiment de honte et elle eut brusquement envie de s'enfuir avant qu'il n'eût pu la repérer.

Mais elle se domina. Elle lui avait demandé de venir et il était là. Elle ne pouvait désormais se dégonfler. D'ailleurs, il avait son adresse : s'il ne la trouvait pas à l'aéroport, il viendrait à la maison et qu'est-ce que dirait Mel ? Elle tenait à tout prix à l'empêcher de voir Mel. Mais où l'emmener ? Il fallait le décider à se laver et à acheter des vêtements présentables. Elle songea au chalet de Mel, sur la plage. C'était ce qu'il fallait. Il pourrait y passer la nuit. Elle lui trouverait des vêtements. Mel n'irait pas à la plage avant le dimanche.

Elle se dirigea lentement vers la sortie et resta près d'un pilier à regarder les passagers qui défilaient. Elle aperçut soudain Jess qui mâchonnait du chewing-gum, l'air furieux. Il bouscula ses voisins sans ménagements et s'arrêta un instant, à l'écart du flot des voyageurs.

Rassemblant tout son courage, Ira se rendit à sa rencontre.

— Bonjour, Jess, dit-elle. Te voilà enfin ?

Un instant, elle se rendit compte, à son air ébahi, qu'il ne la reconnaissait pas. Il finit par la remettre, la regarda bouche bée, surpris par la métamorphose d'Ira. Mais il ne tarda pas à reprendre ses esprits.

— Boudiou ? Qui est-ce qu'est là ? s'écria-t-il. T'as l'air vachement sapée, dis donc !

Ira n'avait pas eu le temps de se changer en quittant le bureau. Elle se rendit compte qu'elle paraissait trop pimpante, trop guindée, bref trop « cave », pour Jess qui méprisait ce genre-là. Sa robe grise impeccable, au col blanc et aux manchettes assorties, ses bas de nylon noir et ses chaussures vernies constituaient en quelque sorte l'uniforme d'une classe sociale qu'il détestait par-dessus tout. « Les cons qui font de la lèche aux bourgeois », disait-il parlant d'eux.

— Faut bien que je joue mon rôle, non ? répondit-elle, sur la défensive. Viens, Jess. J'ai des tas de choses à te raconter. Mais commençons par sortir d'ici.

— Vraiment ? Et si je n'ai pas envie de t'écouter ? Qu'est-ce que ça veut dire, cette façon de me plaquer sans un mot d'explication ? dit Jess, l'air furibond. J'ai bien envie de te foutre une raclée sans plus attendre !

— Allons, cesse de faire le gamin ! répliqua-t-elle en prenant soudain la mouche. Sinon, retourne d'où tu viens !

Elle pivota sur les talons et se dirigea rapidement vers sa Triumph.

Surpris, Jess la regarda, bouche bée, puis remonta son sac sur son épaule et la suivit. Il la rejoignit au moment où elle se glissait au volant. Elle le regarda examiner la voiture de sport. Il avait l'air envieux et stupéfait à la fois.

— C'est à toi ?

— Oui.

— Tu t'embêtes pas ! dit-il dans un souffle. Qu'est-ce qui se passe ? C'est vraiment à toi ?

Il avait l'air tellement abasourdi qu'Ira faillit lui éclater de rire au nez.

— Monte, Jess, dit-elle en ouvrant la portière.

Il fit le tour de la voiture, s'installa à côté d'elle et claqua la portière. Maintenant qu'il était à côté d'elle, elle sentait l'odeur de crasse et de transpiration qu'exhalaient ses vêtements. Cette infection lui rappela immédiatement, souvenir effrayant, la maison sordide où elle avait vécu, son ivrogne de père, la saleté, les punaises, et elle frissonna.

— Tu sais la conduire ? demanda-t-il en regardant, les yeux ronds, le tableau de bord.

— Bien sûr. Je conduisais la voiture de Joe quand il me la passait et elle était deux fois plus puissante.

Jess se gratta la tête et des pellicules tombèrent sur son col. Ira poussa sur le bouton du starter.

— Bon sang ? Où t'as pêché tout ce fric que tu m'as envoyé ? demanda-t-il.

— C'est une longue histoire, je te raconterai ça, dit Ira en démarrant. (Jess parut soudain gêné ; elle fut contente de le voir perdre un peu de son aplomb.) Et toi, Jess ? Qu'est-ce que tu as fait depuis que je t'ai quitté ?

— Fait ? demanda-t-il, de nouveau hostile. J'ai fait ce qui me plaisait... rien, quoi !

« Quelle réponse stupide ! se dit-elle. Tu n'as pas changé, Jess. C'est maintenant seulement que je me rends compte quel pauvre type tu es. Mais si tu es toujours le même, moi, j'ai changé ! »

— Comment vont les copains ? demanda-t-elle, histoire de dire quelque chose.

— Qu'est-ce que ça peut te foutre ?

— J'ai bien le droit de te demander des nouvelles, non ?

— Les copains vont bien. Qu'est-ce que c'est, toute cette histoire ? Moi, va falloir que je rentre. Les copains ne peuvent pas se passer de moi.

— Qu'est-ce que ça peut foutre ? Tu peux bien te passer d'eux, non ?

— Qu'est-ce que tu veux dire ? demanda-t-il, l'air gêné.

— Oh ! t'en fais pas ! Pourquoi n'as-tu pas acheté un complet, Jess ? Je t'ai envoyé assez d'argent.

— Un complet ! Pour quoi faire ?

— Paradise City, ce n'est pas New York. Tu vas te faire ramasser par les flics si tu te balades comme ça.

— J'emmerde les flics !

— Qu'est-ce que tu as fait de tout cet argent ?... Tu l'as perdu ?

— J'en ai encore... Qu'est-ce que ça peut te faire ? Il est à moi, non ?

Elle haussa les épaules, consternée de s'ennuyer tellement avec ce butor. Elle se trouvait maintenant sur l'autoroute 4A et elle était toute à sa conduite. Elle doublait aisément, avec sa petite voiture, les grosses Cadillac, les Buick et les Ford, mais veillait bien à ne pas commettre d'excès de vitesse. Elle ne tenait pas à se faire prendre en chasse par un flic avec Jess à bord.

— Tu ne peux pas aller plus vite ? demanda-t-il, heureux de pouvoir la critiquer. Passe-moi le volant... Je vais te montrer comment conduire !

— Je vais assez vite. Les flics ne badinent pas, ici.

Il grogna puis demanda :

— Où est-ce que nous allons ?

— Quelque part où nous pourrons causer.

Il la regarda, l'air gêné, se demandant comment reprendre l'initiative. Cette nouvelle Ira le confondait. Dépassé, il alluma une cigarette et s'enfonça dans un silence boudeur.

Il leur fallut un peu plus d'une heure, en conduisant vite, pour atteindre le chalet. Il faisait nuit et la plage était déserte.

Le chalet était en fait une luxueuses maison de trois pièces en bois ; elle se dressait à l'ombre d'un bouquet de palmiers, passablement à l'écart des autres chalets qui étaient d'ailleurs tous plongés dans l'obscurié. Il y avait une soirée au club et aucun des habitués ne viendrait à la plage cette nuit-là.

— Nous sommes arrivés, dit-elle en sortant de la voiture. Tu as faim ?

— Qu'est-ce que tu vas faire ? dit-il en examinant le chalet d'un air méfiant. Tu vas forcer la porte ?

— J'ai la clé.

Elle le précéda, ouvrit la porte, alluma et lui fit signe d'entrer.

Il pénétra dans le grand salon avec la démarche précautionneuse d'un chat qui se risque pour la première fois dans une pièce. Elle tira rapidement les rideaux des fenêtres.

— Eh bien, tu ne t'embêtes pas ? s'écria-t-il en parcourant la pièce du regard. Tu parles d'une planque ! A qui c'est ?

— Ça fait partie de mon histoire, dit-elle. Installe-toi. Je vais te chercher à manger.

Tout en préparant un repas froid puisé dans le réfrigérateur bien garni, elle se demandait ce qu'elle allait pouvoir lui raconter. Elle savait qu'il était dangereux de le mettre au courant de la somme qu'Edris espérait dérober à la banque. Elle allait donc passer rapidement sur cet aspect de l'histoire, mais le reste, si elle voulait qu'il l'aide, il fallait le lui dire. Elle regrettait maintenant de lui avoir demandé de venir, mais elle avait besoin de quelqu'un et c'était la seule personne qui pût la tirer d'affaire.

Tout en mangeant, elle lui raconta toute l'histoire. Il l'écouta sans l'interrompre, en se bourrant goulûment de poulet froid, comme s'il n'avait pas mangé depuis des jours. Quand il eut vidé le plat, il se renversa dans son fauteuil, une cigarette à la bouche, et attendit qu'elle ait terminé.

— Eh bien, voilà ! conclut-elle. J'ai été folle d'accepter et maintenant je ne peux plus reculer. Qu'est-ce qu'il faut faire ?

— Pourquoi veux-tu reculer ?

— Je n'ai pas besoin d'argent. J'ai tout ce que je veux maintenant, sans avoir à m'exposer au moindre coup dur. Tu ne comprends pas ? Si je continue à voler à la banque, ça finira par se savoir et j'aurai des histoires.

— Combien ça va te rapporter, ta participation au coup ?

— Près de cinq mille dollars, dit-elle en mentant. C'est ce qu'Edris m'a promis. A l'époque, ça me paraissait une fortune, mais maintenant... Ma foi, ça ne durera qu'un temps et je ne tarderai pas à me retrouver sans un.

Jess avait pris un air rusé.

— Qu'est-ce que ça rapporte à Edris ?

— Dans les vingt mille dollars. Je ne sais pas exactement.

— Tu crois ? Tu ne vas pas me raconter qu'il aurait pris de tels risques pour vingt mille dollars ! Il se moque de toi ! Je parie que chaque fois qu'Algir sort du fric de la banque, c'est un gros paquet.

— Il n'en a sorti qu'une fois et ça faisait cinq mille six cents dollars, précisa Ira, gênée de voir la rapacité qui se lisait sur les traits de Jess.

— S'il en sort autant tous les jours, ça monte vite. Non, ils se moquent de toi. La chose à faire...

— Peu importe s'ils se moquent de moi, coupa Ira. Je veux les lâcher. Je me contente de ce que j'ai. Je veux que tu m'aides à me débarrasser de ces deux types, Jess.

Il se mit à se curer le nez avec les doigts, tout en regardant dans le vide. Elle voyait bien qu'il n'écoutait pas ce qu'elle disait.

— Jess ! Tu entends ce que je te dis ?

— Ah ! tais-toi ! Laisse-moi réfléchir !

Elle attendit, impatiente, les yeux braqués sur lui.

— Tu as vraiment besoin de faire ça ? demanda-t-elle, dégoûtée de le voir se tripoter les narines.

— Ta gueule ! dit-il, l'air méchant. Je ne te le répéterai plus. (Il prit un paquet de cigarettes dans sa poche et en alluma une.) C'est une excellente idée, sais-tu ? Il est vraiment fortiche, ton Edris.

— Quelle idée ?

— Cette affaire de coffres est formidable. Tu es idiote de vouloir lâcher.

Elle poussa un long soupir : elle aurait dû s'en douter.

— Mais tu ne vois pas le risque, Jess ? Je risque d'aller en prison pour des années !

— Pourquoi n'y as-tu pas pensé plus tôt ? demanda-t-il en la regardant attentivement.

— Parce que je voulais de l'argent, vite gagné ; je me suis laissée entraîner. Maintenant, je n'ai plus besoin d'argent ; je ne veux pas prendre de risques. Combien de fois faudra-t-il te le répéter ?

Il tira une bouffée de sa cigarette et laissa la fumée ressortir par ses narines.

— Et moi, tu y as pensé ? Si tu laisses tomber, je n'aurai rien. Si tu restes avec Edris, nous partageons.

— Ça fait une trop grosse somme, Jess. Si tu m'aides, je te donnerai de l'argent. Je te le promets, je t'en donnerai.

— Combien ?

— Je ne sais pas. Ça dépend. Il faudra que je le demande à Devon. Trois ou quatre cents dollars, Jess.

— Tu parles ! Tu viens de me dire qu'Edris t'avait promis cinq mille dollars. Ecoute, tu vas rester avec lui, compris ? C'est moi qui te le dis. S'il te fait des histoires, je m'occuperai de lui. Mais il ne bronchera pas, si tu lui obéis, et c'est ce que tu vas faire. Si tu crois que je vais laisser cinq mille dollars m'échapper comme ça, sous prétexte que tu n'as plus assez de cran, tu vas voir ce que tu vas voir !

Ira blêmit. Elle sentit la colère l'envahir.

— Tu n'as pas d'ordres à me donner ! s'écria-t-elle. Je ne suis pas...

Il fut si prompt qu'elle ne put éviter la gifle. Sa main s'abattit sur la joue d'Ira en claquant comme un sac en papier qui éclate. Elle tituba et tomba à la renverse.

Etourdie, elle voulut se relever. Il lui balança un coup de pied dans la cuisse. Furieuse, elle s'écarta et se remit debout tant bien que mal. Il s'était levé et la guettait, les bras ballants. C'était l'attitude d'expectative qu'elle avait souvent remarquée au cours des batailles de rues. Elle savait qu'il était aussi rapide et redoutable qu'une mangouste et elle réfréna son envie de riposter.

— Sors d'ici ! s'écria-t-elle en lui montrant la porte. Je n'aurais jamais dû t'amener ici. Je ne veux plus jamais avoir affaire à toi... Jamais plus ! Sors d'ici !

— Je sortirai quand j'en aurai envie, dit-il en enlevant son blouson de cuir qu'il lança sur un fauteuil. Tu vas recevoir une bonne raclée. Tu es têtue, mais je m'appelle Jess... Ça te dit quelque chose ? Déshabille-toi ! Tu vas passer un sacré quart d'heure.

Elle lui tint tête, les yeux étincelants.

— Sors d'ici ! Je n'ai pas peur de toi, espèce d'ordure ! J'étais folle de penser qu'une pauvre cloche comme toi pourrait m'aider ! Sors d'ici !

Il fit trois pas dans sa direction, esquiva d'un bref mouvement de tête les ongles d'Ira qui s'apprêtaient à lui déchirer les joues et lui balança de toutes ses forces son poing à hauteur du diaphragme.

La douleur la fit tomber à genoux. Il lui flanqua un autre coup de poing dans la tempe. Etourdie incapable de reprendre haleine, elle tomba à la renverse. Elle sentit ses mains qui agrippaient le col de sa robe et elle essaya faiblement de lui griffer la main ; puis elle éprouva une violente secousse et sa robe se déchira. Au moment où elle essayait de lui échapper, il lui allongea à la mâchoire un coup de poing qui la laissa tout étourdie.

Tout en jurant à mi-voix, le souffle court, Jess lui arracha alors ce qui lui restait de vêtements.

Elle le sentit vaguement peser de tout son poids sur elle ; il lui faisait mal, mais elle était trop accablée pour réagir. Au bout d'un certain temps, il se dégagea.

— C'est bien, poulette, dit-il. (Sa voix paraissait très lointaine.) A bientôt ! Tâche d'obéir à Edris, sinon je remets ça, Compris ?

Elle demeura immobile, les yeux fermés ; elle avait affreusement mal à la tête, dans les côtes et dans l'aine. Elle l'entendit aller et venir dans le chalet, mais elle n'avait plus la force de se soucier de lui. Des larmes brûlantes lui ruisselaient sur le visage, des larmes qui la surprirent, car elle s'était toujours crue trop coriace pour pleurer.

Il revint vers elle et lui donna encore un petit coup de pied dans les côtes :

— J'ai piqué ton fric, dit-il. Tu peux en dénicher d'autre, toi, mais pas moi ! A bientôt !

Elle l'entendit traverser le salon, sortir, puis claquer la porte.

Le chalet retomba dans un silence que seul brisait le bruit étouffé, désespéré, de ses sanglots.

CHAPITRE VII

Environ une heure plus tard, Jess, dissimulé dans l'ombre des palmiers, vit Ira sortir du chalet. Elle portait un pantalon collant et une veste de plage. Jess sourit. Il la vit refermer la porte du chalet, poser la clé sur une poutre du toit, puis, lentement, péniblement, elle monta en voiture et s'éloigna.

Jess se leva et s'étira. Il était comblé, décontracté, très satisfait de soi. Il se dirigea vers le chalet, prit la clé dans sa cachette, ouvrit la porte et pénétra dans le salon. Il alluma et jeta son sac sur le sofa.

Il avait grande envie de boire un verre. Il se dirigea vers le bar et se versa un whisky bien tassé. Dans la cuisine, il prit de la glace dans le réfrigérateur, puis revint au salon et s'affala dans l'un des fauteuils.

« Jess, mon petit vieux, se dit-il, maintenant tu peux te mettre à l'aise. Tu t'es fourré dans une affaire au poil, mais il faudra faire drôlement gaffe pour que ça gaze à bloc. Tu viens de montrer à cette gonzesse que tu es toujours le caïd. Elle va te donner tout le fric que tu lui demanderas ; sinon, tu n'as qu'à la menacer d'aller trouver cet imbécile de Devon. »

Il avala son whisky, poussa un soupir et lâcha le verre sur le tapis.

« Je ferais aussi bien de passer la nuit ici, se dit-il. Allons voir la chambre à coucher. »

Il gagna la chambre en chantonnant. C'était une pièce bien meublée pourvue d'un grand lit.

« Pas mal ! » se dit-il en enlevant son blouson qu'il jeta sur une chaise. Puis il ouvrit un placard et passa en revue les vêtements de plage qu'il y trouva. Ils étaient beaucoup trop grands pour lui. Dégoûté, il se mit à ouvrir les tiroirs d'une commode.

Les chemises, les mouchoirs et les chaussettes ne l'intéressaient pas. En ouvrant le dernier tiroir, il sursauta. A moitié dissimulé par une serviette-éponge, il aperçut un Colt 38 automatique. Il resta un bon moment à l'examiner, puis tout frémissant d'émotion, il le prit avec précaution.

Depuis qu'il était devenu le chef des Mocassins, il brûlait de posséder un pétard. C'était son rêve et son ambition. Tout en respirant bruyamment par ses narines congestionnées, il se mit à étudier le fonctionnement de l'arme. Au bout d'un instant, il comprit le mécanisme qui libérait le cran d'arrêt. Il trouva cinq balles dans le chargeur. Il s'assit sur le lit en tenant le chargeur d'une main, le pistolet de l'autre et, l'œil dans le vague, contempla le mur d'en face.

Il resta immobile un long moment, à réfléchir, puis un sourire illumina lentement son visage et il opina du bonnet. Il savait ce qu'il allait faire. Avec un pistolet, personne ne lui faisait peur. Il pouvait oublier la médiocre combine qui consistait à extorquer de l'argent à Ira. Il était maintenant en mesure d'effectuer un repassage du tonnerre en moins de deux !

Il remit le chargeur, posa l'arme sur la table de nuit, enleva ses bottes et se coucha. Il souriait toujours en éteignant la lumière.

Mel terminait son petit déjeuner lorsque Ira entra au salon. Il avait été déçu, en rentrant la veille au soir, peu après onze heures, de trouver la villa plongée dans l'obscurité et Ira au lit. Il avait eu envie de la réveiller pour lui raconter sa soirée, mais il avait résolu, bien à contrecœur, de ne pas la déranger.

Il était allé se coucher, au grand soulagement d'Ira. Elle l'avait entendu rentrer en souhaitant qu'il ne vienne pas dans sa chambre. Elle avait passé une nuit blanche, l'esprit préoccupé, le corps moulu. « Qu'est-ce que Jess va faire ? » se demandait-elle. Elle était certaine qu'il ne retournerait pas à New York. Elle s'en voulait d'avoir été assez bête pour lui raconter son histoire. Maintenant, elle était à sa merci. Comment avait-elle jamais pu l'aimer ? Elle s'efforça de ne plus songer à Jess et se mit à penser à Edris. De ce côté-là non plus, elle ne trouvait aucune solution. Elle ne pouvait même pas s'enfuir. Mel alerterait aussitôt la police, et, si on la retrouvait, le scandale éclaterait.

Mel la regarda venir et fut surpris de la trouver si pâle.

— Bonjour, fit-il. (Il posa sur la table le

journal qu'il lisait.) Tu as l'air un peu fatiguée. Tu es rentrée tard, hier soir ?

— Non, dit-elle en s'asseyant et en se versant distraitement une tasse de café. Ça va. Ne t'inquiète pas. (Puis, elle s'obligea à le regarder et lui demanda :) Eh bien ! Qu'est-ce que Joy a répondu ?

— Nous allons nous marier à la fin du mois, répondit Mel avec un sourire radieux. Je vais prendre un peu de vacances pour notre lune de miel. Ça ne te fait rien de rester seule un mois ?

Elle comprit immédiatement que c'était là une chance inespérée. Mel parti, elle expliquerait à Mme Sterling qu'elle allait habiter chez une amie et elle quitterait tranquillement Paradise City. Quand Mel reviendrait, elle serait loin. Où ? Elle n'en avait aucune idée, mais elle était bien décidée à partir.

— Bien sûr que non. Tu as des projets ?

— Nous irons à Venise. Il paraît que c'est le pays classique pour une lune de miel.

— Tiens, tiens ! Ça ne serait pas mal, dit-elle en terminant son café. Eh bien, tous mes vœux, papa.

— Merci.

Il se leva, se posta près d'elle et lui posa la main sur l'épaule :

— Je suis sûr que tu t'entendras bien avec Joy, dit-il.

Il se pencha et l'embrassa sur la joue. Elle sursauta en sentant l'émotion la gagner. Elle se leva brusquement et se dirigea vers la porte.

— Il faut que je parte. A ce soir, papa, dit-elle en quittant rapidement la pièce.

Mel la regarda s'éloigner, étonné et intrigué,

puis il secoua la tête et prit sa serviette tandis que la Triumph s'éloignait.

Peu après onze heures, une femme grande, bien mise, descendit l'escalier qui menait au sous-sol. C'était Mme Marc Garland, l'épouse du magnat de l'acier. L'un des gardes avait averti Ira de sa venue.

— Elle part pour New York avec son bonhomme cet après-midi, lui avait-il expliqué. Ils ont ramassé une belle somme au Casino, hier soir. J'imagine qu'elle vient planquer son butin. Faites attention : elle n'est pas toujours commode, à ces moments-là !

Ira se leva au moment où Mme Garland arrivait vers elle.

— Bonjour, madame Garland, dit-elle poliment.

— Vous êtes la fille de Mel, n'est-ce pas ? dit Mme Garland en souriant. J'ai beaucoup entendu parler de vous, ajouta-t-elle en s'asseyant dans le fauteuil réservé aux visiteurs, près du bureau d'Ira. J'ai connu votre mère il y a des années, Norena. (Elle observa Ira.) Vous lui ressemblez beaucoup. J'ai appris que Mel allait se remarier. Ça vous plaît ?

— Mais oui, madame Garland. Je suis très heureuse pour lui.

— Vous connaissez Joy, bien sûr ?

— Oui.

— Elle est gentille, n'est-ce pas ?

— Je l'aime beaucoup.

— Je regrette de ne pas vous avoir rencontrée plus tôt. Nous invitons toujours beaucoup de jeunes gens chez nous. L'année prochaine, il faudra que vous fassiez la connaissance de mon fils, lorsqu'il viendra passer les vacances ici. (Elle ouvrit son sac à main et en tira une lourde enveloppe cachetée.) Pourriez-vous être assez gentille pour déposer ceci dans mon coffre ? Voici la clé.

— Bien sûr, madame Garland, répondit Ira, le cœur soudain battant.

Elle prit l'enveloppe et la clé, revint à son bureau, ouvrit le tiroir et y prit le passe-partout. Elle hésita un instant, puis attrapa la petite boule de mastic qu'elle gardait dans son tiroir. Elle la dissimula dans le creux de sa main, courut dans le couloir, tourna à droite et arriva devant le coffre de Garland. Elle prit soigneusement l'empreinte de la clé avant d'ouvrir le coffre, puis elle s'arrêta. Pourquoi se donner la peine de prendre l'empreinte ? Elle n'avait qu'à glisser l'enveloppe sous son porte-jarretelles pour épargner à Algir le mal de fabriquer la clé.

« Et puis, après tout, il n'aura qu'à se la fabriquer, se dit-elle. Il ne pourra pas s'emparer de l'argent avant lundi. »

En déposant l'enveloppe, elle jeta un coup d'œil dans le coffre et y aperçut plusieurs écrins de bijoux et maintes grosses enveloppes comme celle qu'elle venait d'y mettre. Elle referma la porte du coffre et la verrouilla.

Au moment où elle se retournait, elle se rendit compte que Mme Garland s'était postée au tournant du couloir et la guettait. Ira sentit une sueur froide lui couler le long de l'échine. « Quelle veine ! » se dit-elle, un instant décontenancée. Si elle n'avait pas posé l'enveloppe dans le coffre, Mme Garland l'aurait prise sur le fait, en train de la voler !

— Si vous venez un jour à New York, dit Mme Garland au moment où Ira arrivait à sa hauteur, venez nous voir. J'essaie toujours de persuader votre père de descendre chez nous, mais il est si occupé !

— Je voudrais bien, répondit Ira, en essayant de prendre une voix calme, mais je crains de ne pas avoir l'occasion d'aller à New York.

— Ma foi, si vous venez, souvenez-vous de nous. Adieu, Norena, dit Mme Garland en la quittant précipitamment.

A midi, Ira se rendit au café où Algir l'attendait.

— Et alors ? demanda-t-il.

Elle lui tendit en silence la boîte qui contenait l'empreinte de la clé.

— C'est à qui ?

— Mme Marc Garland.

— Il y a de l'argent dans le coffre ?

— Oui... beaucoup.

— Bon. Inutile de te dire à quoi t'attendre si tu mens, dit-il en glissant la boîte dans sa poche. La prochaine fois sera la bonne, sale gamine... n'oublie pas !

Elle se retourna et sortit du café. Elle était trop préoccupée pour remarquer Jess Farr, arrêté de l'autre côté de la rue, dans sa vieille Ford de louage. Algir ne le remarqua pas non plus en s'éloignant dans sa Buick.

Une cigarette aux lèvres, Jess démarra et suivit Algir qui le ramena à l'appartement d'Edris.

Fred Hess se cala un peu plus confortablement dans le sable de la dune et lâcha un petit rot satisfait. Il venait d'achever un excellent repas de pique-nique. Le soleil était chaud; une douce brise soufflait et le murmure de l'océan invitait à la sieste.

C'était son premier week-end de liberté depuis des semaines et ce matin-là, il avait décidé d'emmener sa femme Maria et son fils Fred sur un coin de plage qu'ils connaissaient bien et d'y passer la journée.

La seule ombre au tableau, songea Hess en croisant les mains sur sa brioche, c'est le petit. Hess adorait les enfants des autres, mais il n'était pas tellement enchanté du sien. L'ennui, se disait-il souvent, c'est que ce gamin est gâté. Maria, mère indulgente mais épouse sévère, lui interdisait de toucher au gosse ; et Dieu sait qu'une fessée sur son postérieur rebondi ne lui aurait pas fait de mal, à Fred Hess junior.

Mais, pour l'instant, on avait la paix. Maria l'avait emmené au bord de l'eau, il aspergeait la robe blanche de sa mère et s'amusait tout son saoul.

Hess avait annoncé son intention de faire la sieste. L'enfant voulait jouer à la balle avec lui. On avait beaucoup discuté et Maria, craignant pour l'hypertension de son mari, avait pris la main du petit et l'avait entraîné, hors de portée du vocabulaire pittoresque de son papa.

« La belle vie ! se dit Hess en fermant les yeux. Qu'est-ce qu'on peut désirer de plus ? » Quel bonheur de songer que les autres suaient dans l'atmosphère surchauffée, étouffante du commissariat ! Joe Beigler était de service ; à cet instant même, il devait répondre au téléphone, se forcer à répondre poliment aux questions stupides de ses correspondants, à promettre d'enquêter sur les chiens perdus et les voitures volées. Ma foi, c'était bien le tour de Joe ! Hess poussa un grognement de satisfaction et le sommeil le gagna.

Il dormit un quart d'heure, puis l'arrivée de Junior le réveilla. Il fronça les sourcils, mais constata avec plaisir que Maria examinait sa robe avec une certaine inquiétude. Elle tolérait que le gamin l'asperge de flotte ; ça lui ferait les pieds.

— Va-t'en, dit-il à son fils, un petit gosse dodu, au menton en galoche, et dont l'air décidé le faisait ressembler à son père. Galope aussi loin que tu pourras sans t'emmêler les pieds.

Le gamin ne lui prêta aucune attention, prit sa pelle et s'approcha de sa mère.

— J'ai envie d'enterrer papa, déclara-t-il.

Maria était assise à l'ombre. C'était une accorte femme de trente-cinq ans. Pas une beauté, mais elle avait du caractère et de la bonté. Hess, après dix ans de vie conjugale, ne l'aurait troquée contre aucune autre femme.

— D'accord, dit-elle. Mais doucement. Papa est fatigué et il veut se reposer.

— Hé ! s'écria Hess indigné. Qu'on me fiche la paix, je ne veux pas qu'on m'enterre !

— Je vais enterrer papa ! répéta Junior en pointant agressivement son menton.

— Voyons, Fred, gronda Maria. Tu sais bien que tous les gosses adorent enterrer les gens.

— Vraiment ? Alors qu'il t'enterre, toi, répondit Hess en pointant lui aussi son menton. Pas question qu'il m'enterre !

— Je vais enterrer papa ! répéta l'enfant en élevant la voix.

— Ce n'est pas moi qu'il veut enterrer, mon chou, fit remarquer Maria, c'est toi.

— Je ne suis pas sourd. S'il approche, je lui fais une grosse tête.

— Allons, Fred, ne sois pas égoïste, fit Maria. Junior aussi a le droit de s'amuser. Je ne vois pas en quoi ça te gêne qu'il répande un peu de sable sur ta peau ? Les gosses adorent ça.

— Je me fous pas mal qu'ils adorent ça. Moi, j'aime pas, répliqua Hess, dont les joues s'empourpraient.

— Fred Hess ! J'ai honte de t'entendre parler ainsi devant ton propre fils, s'écria Maria, sincèrement outrée.

— Je m'en fous ! je m'en fous ! je m'en fous ! s'écria le gosse en trépignant, satisfait de voir que son père avait tort et décidé à en profiter.

— Tais-toi, mon petit, lança sévèrement Maria. Je ne veux plus t'entendre prononcer ce mot.

— Pourquoi ? Papa le dit bien ! répondit l'autre en regardant son père d'un air rusé.

— Papa ne devrait pas.

— Méchant papa ! méchant papa ! chantonna le petit, tout en dansant sur place. Il ne devrait pas dire « je m'en fous », mais il le dit !

— Tu vois ce que tu as fait ? commenta Maria, en foudroyant son mari du regard.

Hess commençait à trouver ça drôle, mais il s'efforça de rester impassible.

— Il faudra bien qu'il l'apprenne, dit-il d'un ton désinvolte. Bon, va-t-en, fiston. Je vais dormir.

— Je vais enterrer papa, reprit le petit d'une voix plaintive.

Il y eut un long silence, puis Maria regarda son mari d'un air exaspéré.

— Si tu veux avoir la paix, Fred, mieux vaut le laisser faire. Tu le connais. Il n'arrêtera pas de l'après-midi.

— Je vais enterrer papa ! hurla le petit de toute la force de ses poumons, en sentant que la victoire était proche.

— Peut-être que si je lui en flanquais une... fit Hess d'une voix onctueuse. Rien qu'une petite sur l'oreille. Ça ne lui ferait pas grand mal et ça l'étourdirait un peu. Qu'est-ce que tu en penses ?

— Fred Hess ! s'écria Maria d'une voix outrée.

— Oh ! ma foi, je ne pensais pas à mal, ajouta Hess en haussant les épaules.

Le gamin, sachant qu'il était à l'abri de la poigne de son père tant que sa mère était là, devint tout rouge et brailla qu'il allait enterrer son père.

— Viens voir, fiston, reprit Hess, à qui une idée était venue. Je voudrais te dire quelque chose.

Le petit s'arrêta de hurler et regarda son père d'un air méfiant :

— Quoi ?

— Tu vois cette grosse dune, là-bas... la grosse, dit Hess en lui montrant une dune qui s'élevait à une centaine de mètres.

Le gosse regarda dans la direction qu'il lui indiquait.

— Oui.

— Je vais te dire un truc très intéressant, mais il faut commencer par me jurer que tu n'en parleras à personne. C'est un grand secret.

Le gamin prit un air intéressé :

— Quelle sorte de secret ?

Hess lui fit signe d'approcher :

— Viens plus près. Je veux que personne ne puisse entendre.

Intrigué, l'enfant avança et s'agenouilla près de lui. Hess résista à une envie de le gifler. Il baissa la voix :

— Un vieux monsieur y a dormi la nuit dernière. Il est gentil. Il aime bien les enfants. Il garde des tas de pâtés pour eux dans ses poches.

S'il y avait une chose au monde que le gamin adorait, c'était bien les pâtés. Hess le savait. Le visage du petit s'illumina.

— Qu'est-ce qui lui est arrivé ? demanda-t-il en regardant la dune.

— On l'a enterré, répondit Hess. On l'a enterré sous cette grosse dune. Il s'était endormi. Le vent a soufflé et le sable l'a recouvert... lui et tous ses pâtés. Vas y piocher.

— Les pâtés y sont toujours ?

— Bien sûr, ce sont de gros pâtés pleins de beurre, de viande juteuse et de sauce à s'en lécher les doigts.

Sa propre éloquence lui donna brusquement faim et il regretta que Maria n'ait pas apporté de pâtés pour le goûter.

— Mince alors ! s'écria le gamin dont les yeux s'écarquillaient. Mais le vieux bonhomme... il est pas mort, enterré comme ça ?

— Il va très bien. Il sera content que tu le déterres et il te donnera tous ses pâtés. Va voir.

Le gosse hésita. Il se demandait si Hess se moquait de lui.

— Tu viens m'aider à le déterrer ? demanda-t-il.

— Bien sûr, répondit Hess en faisant mine de se lever. (Il avait prévu la question et sa réponse était toute prête.) Mais si je t'aide, faudra partager les pâtés et j'aurai une plus grosse part que toi, parce que je suis plus grand.

Le gamin fronça les sourcils :

— J' vois pas pourquoi tu aurais plus de pâtés que moi.

— Moi, si. Je suis plus grand et j'ai plus d'appétit.

Le petit hésita.

— Alors, j'y vais tout seul, décida-t-il en prenant sa pelle.

Il se mit à courir vers la dune.

— J'ai honte de toi, dit Maria en s'efforçant de ne pas pouffer. Raconter des mensonges pareils ! Tu t'en repentiras. Attends un peu qu'il constate qu'il n'y a pas de pâtés !

Hess sourit et se rallongea.

— Quand il s'en apercevra, il sera l'heure de rentrer. Bon, je vais dormir.

Il jeta un coup d'œil sur la dune où son fils piochait énergiquement ; il eut un sourire béat et ferma les yeux.

Il dormait depuis dix minutes quand il fut réveillé par les cris de son fils. Il se dressa en sursaut, rouge de colère.

Le gamin sautait en l'air et faisait de grands gestes.

— Papa, viens vite ! criait-il. Ce n'est pas le vieux bonhomme… C'est une bonne femme et elle sent mauvais !

Le docteur Lowis traversa la plage à grandes

enjambées, tandis que le photographe de la police terminait son travail.

Terrell, Beigler et Hess s'étaient arrêtés près de la haute dune ; les hommes de la Brigade criminelle dégageaient avec précaution le cadavre que le petit Hess avait découvert dans sa tombe à fleur de sable.

— Elle est à vous, dit Terrell à Lowis. Faites-moi votre rapport en vitesse, docteur. On dirait qu'elle a été étranglée.

Lowis se dirigea vers le cadavre.

— Vous savez, dit Hess en gonflant sa poitrine, mon môme fera un flic épatant. Sans lui, ce macchabée aurait pu rester là *ad vitam æternam.*

— Il tient de toi, dit Beigler en souriant.

— C'est une question d'éducation, répondit Hess flatté.

— C'est bon, les enfants, dit Terrell. Allons-y. Amenez vos hommes, Fred. S'agit de fouiller chaque pouce de ce terrain.

Hess hocha la tête et disparut.

— Vu l'état du visage, dit Beigler sombrement, nous aurons peut-être du mal à l'identifier, chef. L'assassin a dû emporter ses vêtements, ou les enterrer quelque part.

— On a signalé des filles disparues, ces six dernières semaines ? demanda Terrell.

— Pas dans notre district.

— On va attendre le verdict du toubib, puis on regagnera le commissariat. Demain, il faudra diffuser son signalement aux journaux ; et, ce soir, à la radio et à la télévision. Occupez-vous de ça, Joe.

— Entendu. (Beigler observait les tourbillons de sable que le vent chassait le long de la plage.)

Ce sable qui bouge, ça n'est pas fait pour nous aider. On ne retrouvera aucune empreinte. Il a dû l'amener en voiture et il avait préparé son coup. Le sable ici est trop dur pour qu'il ait creusé la tombe à la main. Il devait avoir une pelle.

— Oui, dit Terrell, et il ne voulait pas qu'on puisse identifier la victime. Les maniaques sexuels n'emportent pas les vêtements des femmes. Il devait savoir que si on réussissait à l'identifier, ça le dénonçait. Ils devaient se connaître.

Une ambulance arriva par le chemin de terre et s'arrêta près des voitures de police. Deux infirmiers accoururent ; ils apportaient une civière. Hess, qui avait lancé son appel par radio, rejoignit Terrell et Beigler.

— Nos hommes vont arriver, dit-il.

Il alla retrouver les trois détectives de la Brigade criminelle qui, à quatre pattes, examinaient soigneusement le sable de la tombe.

Les deux infirmiers attendirent que le docteur Lowis achève son examen préliminaire du cadavre puis, sur un signe de tête qu'il leur adressa, ils déplièrent la civière, y posèrent le corps, le recouvrirent d'un drap et l'emportèrent rapidement vers l'ambulance.

Terrell et Beigler s'approchèrent du docteur Lowis qui refermait sa trousse.

— Eh bien, toubib ?

— Assassinat... Strangulation avec coups et blessures, fit Lowis d'une voix précipitée. Ça fait à peu près six semaines qu'elle est morte. En état de putréfaction avancée. Elle s'est débattue. L'aspect du visage prouve qu'on l'a frappée.

Vous aurez d'autres détails quand je l'aurai examinée à la morgue.

— Violée ? demanda Terrell.

— Non.

Terrell et Beigler échangèrent un coup d'œil, puis Terrell haussa les épaules. Restait à découvrir le mobile.

— Quel âge peut-elle avoir, docteur ?

— Entre dix-sept et dix-neuf ans.

— Aucun signe distinctif ?

— Non.

— Blonde naturelle ?

— Oui.

— Bon. Faites-nous votre rapport le plus vite possible. Elle n'était pas enceinte ?

Terrell espérait toujours découvrir le mobile.

— Elle était vierge, dit le docteur Lowis.

Il les quitta pour gagner sa voiture.

— C'est bon, Joe, allez-y, dit Terrell. Voyez si des filles de son âge ont disparu à Miami. S'ils n'ont rien, il faudra chercher plus loin. Faites appel aux journalistes ainsi qu'aux gens de la radio et de la télévision. Je veux une grosse publicité autour de cette affaire. C'est notre meilleure chance de l'identifier.

Beigler s'en fut et Terrell revint trouver Hess :

— Vous avez trouvé quelque chose, Fred ? lui demanda-t-il.

— Elle n'a pas été assassinée ici, répondit Hess en relevant le nez. (Il était à quatre pattes sur le sable et il examinait la tombe.) Elle a dû saigner du nez et de la bouche, mais il n'y a aucune trace de sang. Dès que les hommes arriveront, je leur demanderai d'aller fouiller ces taillis. (Il les désigna du doigt.) C'est peut-être là qu'il l'a tuée.

— On ne fera pas grand-chose ce soir, conclut Terrell en regardant le ciel qui s'obscurcissait. D'ici à une heure, il ne fera plus assez jour pour y voir clair. Ma foi, à vous de jouer. Je rentre au commissariat.

Quatre heures plus tard, Terrell, qui n'avait pas quitté son bureau, appela sa femme, Caroline :

— Je rentrerai tard, chérie, dit-il. Pas avant deux heures au moins. (Il lui fit rapidement part de la découverte du cadavre.) Ça ne va pas être facile, ajouta-t-il.

— Très bien, Frank, répondit-elle. Je te garde un plat au chaud. Tu sais qui c'est, cette fille ?

— C'est bien ce qui m'ennuie. Pas la moindre idée. (Tandis qu'il parlait, Beigler entra. Terrell le regarda en haussant les sourcils. Beigler hocha la tête.) Bon, il faut que je m'y colle. A bientôt, mon chou. (Il raccrocha.) Rien de neuf ? demanda-t-il à Beigler.

— Pas encore. Aucune fille n'a disparu de Miami ni de Jacksonville. On procède à des vérifications dans les villages. Vous avez le rapport du toubib ?

— Oui, le voici, dit Terrell en montrant plusieurs feuilles de papier tapées à la machine étalées sur son bureau. Ce n'est pas ça qui nous aidera beaucoup. Elle a été étranglée : les cartilages du larynx et l'os hyoïde ont été fracturés. Le nez cassé. Celui qui l'a frappée doit être costaud. Aucun signe distinctif. Pas de traces d'opérations. Pas de marques de naissance. Elle vient d'un bon milieu. Ses ongles et ses cheveux étaient soignés.

— Et les dents ?

— Pas de veine. Elle a toutes ses dents. Pas de prothèse.

Beigler se versa une tasse de café.

— Des nouvelles de Fred ? demanda Terrell en l'imitant.

— Il est toujours là-bas. Il a convaincu les pompiers de lui prêter leurs projecteurs. (Beigler sourit.) Vous connaissez Fred. Quand il est sur un assassinat, il ne s'arrête que quand il a dégoté quelque chose.

— Oui, dit Terrell en reprenant le rapport de Lowis, qu'il se remit à étudier.

Beigler acheva sa tasse de café, alluma une cigarette et s'éloigna du mur auquel il s'adossait.

— Je crois que je vais retourner à mon bureau, dit-il.

— Un détail, dit Terrell en levant le nez de son rapport. Ce n'est pas que ça compte beaucoup, mais elle a été tuée moins d'une heure après avoir pris son petit déjeuner. Le meurtre a donc été commis en plein jour.

— Qu'est-ce qu'elle fabriquait là-bas de si bonne heure ? grogna Beigler.

— Peut-être qu'elle s'est levée tard et qu'elle a pris son petit déjeuner à la fin de la matinée.

— Vouais, fit Beigler en haussant les épaules. Je reste dans les parages, chef, dit-il avant de sortir de la pièce.

Terrell se renversa dans son fauteuil. Il réfléchissait. Chaque fois qu'une idée lui venait, il la notait sur un bloc-notes. Au bout d'un certain temps, il repoussa son bloc, se leva et gagna la salle de service.

Beigler lisait un rapport, Lepski tapait à la machine, Jacoby téléphonait. L'horloge indiquait

Avec l'argent qu'elle avait économisé, c'était facile et, une fois au Texas, elle trouverait du travail.

Pour Algir, la journée passa lentement ; installé devant la radio, il écoutait les nouvelles. Il avait la frousse de sortir et maudissait son association avec Edris.

Vers dix heures, il téléphona à l'aéroport et retint une place sur l'avion de Caracas du lendemain après-midi. Il prépara sa valise puis, comme il n'avait rien d'autre à faire, il se rassit en face de la radio. Il tuait le temps en relisant l'article du journal qui relatait la découverte du cadavre de Norena.

Edris se maîtrisait beaucoup mieux. Il quitta son appartement au moment où Algir téléphonait à l'aéroport, se rendit à « La Coquille » où il trouva le maître d'hôtel qui composait le menu du dîner. Il lui expliqua qu'il devait se rendre à New York, auprès d'un vieil ami à l'agonie qui le réclamait. Louis lui accorda cette permission, mais lui précisa qu'il ne serait pas payé pendant son absence.

— Aucune importance, répondit Edris, qui eut envie de cracher au visage de Louis, mais qui était bien décidé à sauver les apparences jusqu'au bout. Je comprends très bien. Je reviendrai dès que je pourrai, mais il se peut que je reste absent une dizaine de jours. Monsieur Louis, désolé de vous laisser choir comme ça.

Une fois sorti du bureau du maître d'hôtel, il fit un geste obscène à l'adresse de la porte et s'en fut reprendre sa voiture. Il se rendit à l'aéroport et réserva une place sur l'avion de Mexico du lendemain après-midi.

Il était midi, à présent, il revint à Paradise City, gara sa voiture et entra dans un bar. Il commanda un whisky bien tassé à la glace, ainsi qu'un sandwich au poulet et au jambon. Il était en train de manger lorsque Bert Hamilton, du *Sun*, entra.

— Salut ! fit Hamilton d'une voix traînante, en s'arrêtant devant Edris. Comment va le bouffon de cour ?

— Epatamment, répondit Edris en lui adressant un sourire. Et vous-même ?

— Très moche, dit Hamilton qui commanda un whisky. Je suis resté debout presque toute la nuit à cause de cet assassinat. Vous avez lu le journal ?

— Oui, répondit Edris. (Il finit son verre et en commanda un autre.) Je le lis toujours, votre torchon, Bert. Quoi de neuf ?

— Rien pour l'instant. Personne ne sait qui est cette fille. De vous à moi, je ne crois pas qu'ils arriveront à l'identifier, mais ne le répétez pas. Elle devait venir de loin. La police a reçu des rapports en provenance de toute la Floride et on n'a pas signalé de disparition de filles qui lui ressemblent. A présent, ils élargissent le filet. Elle vient peut-être de New York... ou d'ailleurs.

— Le capitaine Terrell est malin, dit Edris. Si quelqu'un peut l'identifier, c'est bien lui. (Il regarda Hamilton d'un air interrogateur.) Ils n'ont pas le moindre indice ?

Hamilton, qui ignorait tout des lunettes, hocha la tête.

— Pas le moindre, répondit-il. Pas de cicatrices ; pas de prothèse dentaire ; les empreintes digitales ne servent à rien ; pas de signes distinctifs... Rien de rien.

Edris vida son verre et se glissa à bas de son tabouret. Tout à coup, il se sentait ragaillardi, tranquillisé.

— Ma foi, je file, dit-il. A la revoyure, Bert, ajouta-t-il en lui adressant un signe de tête.

Il sortit du bar.

Jess Farr, lui, trouvait que la journée traînait en longueur.

Il la passa sur la plage, dans un coin solitaire. Il ne tenait pas du tout à se faire voir. Si personne ne le retapissait, après le coup qu'il méditait pour le lendemain matin, ça vaudrait mieux pour lui. Il se rappelait également la réflexion d'Ira : fringué comme il l'était, il risquait de se faire agrafer par les flics. Et ça, pas question.

Il avait donc décidé de rester sur la plage et de dormir dans la voiture qu'il avait louée. Il avait apporté des provisions. Il nagea, fuma et but trop. Il détestait la solitude. La journée n'en finissait plus.

Pour les policiers de la Criminelle, les heures passaient trop vite. Tous les hommes disponibles du commissariat enquêtaient au sujet des lunettes brisées. Les spécialistes du labo avaient fourni quelques renseignements utiles, en dépit du peu d'éléments dont ils disposaient.

A sept heures quarante-cinq, Terrell était encore à son bureau en compagnie de Beigler et de Hess. Les trois hommes buvaient du café et fumaient. Pour la troisième fois, Terrell lisait le rapport du labo. On aurait dit qu'il voulait en extraire plus de tuyaux qu'il n'en contenait. Les spécialistes avaient étiqueté les deux verres de la paire de lunettes. Ils concluaient que le propriétaire de ces lunettes était affecté d'un astigmatisme prononcé et qu'il était obligé de les porter constamment. L'œil droit était plus atteint que le gauche.

C'était un élément utilisable et Terrell en avait conçu certains espoirs.

Il avait commencé par envoyer trois de ses hommes chez tous les opticiens de gros, dans un rayon de cent cinquante kilomètres.

— Tant pis si c'est dimanche ! Tâchez de dénicher le responsable et demandez-lui d'ouvrir sa boutique, leur avait-il ordonné. Je veux savoir à qui ont été livrées ces lunettes, et je veux le savoir aujourd'hui.

Il avait demandé à Jacoby d'appeler tous les hôpitaux et tous les ophtalmologistes qu'il trouverait dans l'annuaire par professions.

Trois autres policiers s'efforçaient de retrouver l'usine qui avait fabriqué la monture en plastique. Boulot difficile, lui aussi, car les usines fermaient pendant le week-end, mais Terrell ne voulut rien savoir.

Il ramassa le rapport concernant les empreintes de pas repérées près de la crique de Coral Cove. Succinct, mais intéressant. L'homme qu'on recherchait mesurait près d'un mètre quatre-vingts, et pesait quatre-vingt-dix kilos. Il portait des chaussures pointure quarante-quatre, pratiquement neuves. Elles provenaient du magasin « Tout pour l'homme », une boutique chic de Paradise City. Un policier était déjà parti interroger le chef de rayon qui les avait vendues.

Terrell posa les feuillets sur son bureau et se tourna vers Fred.

— Qu'est-ce que vous comptez faire, à présent ? lui demanda-t-il.

— Je crois que je vais retourner à la crique de Coral Cove et voir où en sont mes hommes. Y a assez de lumière pour qu'on puisse repérer le terrain. D'accord, chef ?

Terrell acquiesça, Hess s'en fut ; le capitaine reprit du café et regarda Beigler :

— J'espérais bien que nous aurions du neuf après notre appel à la radio, hier soir.

— Le samedi soir, ce n'est pas le moment idéal. La plupart des gens sont sortis. On va répéter le communiqué d'ici à cinq minutes. Je retourne à mon bureau, ajouta-t-il en se dirigeant vers la porte.

Beigler sorti, Terrell prit une serviette et son nécessaire de toilette dans le tiroir de son bureau et se rendit aux toilettes.

Beigler trouva Lepski qui fumait dans la salle commune. Il sommeillait vaguement. Jacoby téléphonait.

Beigler s'assit pour allumer une cigarette. Jacoby raccrocha et se retourna :

— Le docteur Hunstein possède deux clientes dont les yeux correspondent à ces caractéristiques. Une fille de vingt-trois ans et une autre de vingt-cinq. Toutes deux sont blondes et habitent la ville.

— Tâche de savoir si elles ont disparu et si elles ont jamais porté une paire de lunettes à monture de plastique bleu, dit Beigler. (Puis il se tourna vers Lepski, tandis que Jacoby composait un nouveau numéro.) Ces lunettes n'ont peut-être rien à voir avec le cadavre. Vous y avez pensé ? demanda-t-il.

— C'est vous qui êtes payé pour penser, sergent, répondit Lepski en souriant. Moi, on me paie pour cavaler.

Une conversation de dix minutes apprit à Jacoby qu'aucune des filles n'avait disparu et qu'elles n'avaient jamais porté de paire de lunettes à monture de plastique bleu.

— Continue ! dit Beigler en rayant le nom du docteur Hunstein.

Le téléphone sonna. Beigler décrocha en soupirant. Ce fut alors une série de communications dérisoires, suscitées par le communiqué radiodiffusé, d'informations qu'il fallait vérifier et qui se déversèrent dans les oreilles de Beigler pendant toute la matinée.

A midi, Terrell avala un sandwich, puis décida de se rendre à la crique et de voir ce que Hess fabriquait. En montant en voiture, il songea que la matinée avait passé comme un éclair et qu'il n'était pas plus avancé. L'équipe aurait pu tout aussi bien faire la grasse matinée à la maison.

Il demeura avec Hess pendant deux heures. Chaque pouce carré des taillis et des terrains environnants avait été passé au peigne fin : pas le moindre indice.

— Pas du gâteau ! grogna Hess en s'épongeant le visage. Je rentre avec vous, chef. Peut-être qu'on aura du nouveau au sujet de ces lunettes.

De retour au commissariat, ils trouvèrent Beigler qui examinait la première liste de noms et d'adresses ; elle venait d'arriver.

— Vous me croirez si vous voulez, mais on dispose de trente-deux filles entre quinze et vingt-cinq ans qui portent des lunettes de ce genre, expliqua-t-il à Terrell. Trois d'entre elles habitent ici, dix à Miami, douze à Jacksonville, trois à

Tampa et le reste dans les Keys. Aucune d'entre elles n'a été portée disparue. Mais ça ne veut pas dire qu'elles n'ont pas disparu.

— Max au téléphone, grogna Terrell. S'agit de vérifier si ces lunettes appartiennent à l'une d'entre elles.

Beigler communiqua la liste à Jacoby qui s'approcha de l'appareil d'un air résigné.

— Un type va venir nous voir ; ça pourrait être intéressant, expliqua Beigler à Terrell. Il prétend avoir aperçu une jeune fille et un homme qui se dirigeaient vers la crique de Coral Cove, vers huit heures du matin, le 17 du mois dernier... Ça fait près de six semaines.

— Parfait ! répondit Terrell dont le visage s'éclaira. Quand il arrivera, faites-le passer dans mon bureau. (Il regarda Lepski qui allait allumer une cigarette.) Donnez un coup de main à Max ! Qu'on s'active un peu !

Quand il fut parti, Lepski haussa les sourcils :

— Le vieux se fait de la bile ? demanda-t-il.

— C'est moi qui me fais de la bile, riposta Beigler. Vite ! Au travail !

Lepski rejoignit Jacoby et empoigna un autre téléphone. Il parcourut la liste des noms et des adresses.

— Hé ! Joe ? dit-il. T'as vu, y a la fille de Devon sur la liste.

Beigler le regarda d'un air exaspéré.

— Ouais, je sais lire. Et après ? Nous savons qu'elle n'a pas disparu. Alors ?

Lepski écrasa son mégot et alluma une autre cigarette.

— Mais elle ne porte pas de lunettes.

— Et alors ? lança Beigler. Au boulot, Tom,

bon Dieu ! L'ennui, avec toi, c'est que tu causes au lieu de bosser.

— Je te répète qu'elle ne porte pas de lunettes, Joe, fit Lepski d'un ton d'obstination tranquille. Je l'ai aperçue quatre ou cinq fois au volant de sa voiture... *Elle ne porte pas de lunettes !*

Beigler ouvrit des yeux ronds et prit soudain un air intéressé. Il se pencha pour se saisir du rapport sur les lunettes, puis il se retourna vers Lepski.

— Peut-être que j'aime à causer, reprit sèchement Lepski, mais n'empêche que je suis un très bon flic. Tu commences à piger, Joe ?

— Le rapport déclare que le propriétaire des lunettes est obligé de les porter constamment, dit Beigler en fronçant les sourcils. Tu dis qu'elle est sur la liste du docteur Weidman et qu'elle ne porte pas de lunettes ?

— Tu commences à saisir, Joe. Fais gaffe de pas attraper une méningite.

Beigler se leva et s'approcha de Lepski. Il prit la liste et la consulta.

— Tu as raison. Norena Devon, collège mixte Graham, Miami. (Il se frotta la mâchoire.) C'est peut-être une erreur. Je vais appeler Weidman.

Il regagna son bureau et appela le docteur Weidman à Miami.

L'infirmière qui lui répondit lui expliqua que le docteur Weidman était sorti et ne serait pas de retour avant neuf heures. Elle avait l'air un tantinet suffoquée qu'on veuille parler à son patron par un si beau dimanche après-midi.

— Ici la police de Paradise City, expliqua Beigler. Je voudrais des renseignements sur l'une des clientes du docteur Weidman.

— Je crains de ne pouvoir m'entretenir des clientes du docteur Weidman au téléphone, répondit sèchement l'infirmière. Venez voir le docteur, si vous désirez des renseignements, dit-elle en raccrochant.

— La vache ! dit Beigler en raccrochant brutalement. Dis donc, Tom. Magne-toi ! Va à Miami et trouve le docteur Weidman. Pas question d'attendre son retour. Interroge-le. Tu sais ce que nous voulons.

Lepski sauta sur l'occasion. N'importe quoi plutôt que cette pièce enfumée et surchauffée.

— D'accord, sergent. Je le trouverai, dit-il.

Il se hâta de sortir. Le téléphone sonna.

— Joe, fit Charley, le sergent de permanence. M. Harry Tullas est en bas. Il dit qu'il veut te voir.

C'était le type qui leur avait téléphoné qu'il avait vu une jeune fille et un homme en voiture sur la route de la crique.

— Fais-le monter aussi sec, Charley, répondit Beigler.

Harry Tullas était grand et corpulent. Il portait un complet bon marché, mais impeccable. En lui serrant la main, Beigler songea que c'était probablement un voyageur de commerce, et il ne se trompait pas.

— Merci d'être venu, monsieur Tullas, dit-il. Le capitaine veut vous parler. Voulez-vous m'accompagner ?

— Certainement, répondit Tullas. J'espère que je ne vous fais pas perdre votre temps.

Beigler le conduisit au bureau de Terrell et le présenta.

— Asseyez-vous, monsieur Tullas, lui dit Terrell en lui offrant un fauteuil. Vous pensez pouvoir nous aider, paraît-il ?

— J'ai entendu le communiqué à la radio, ce matin. Je me suis souvenu de cette jeune fille... Alors j'ai pensé qu'il valait mieux vous téléphoner.

— Si seulement tout le monde faisait preuve d'un pareil civisme ! répondit Terrell d'un ton convaincu. Vous voulez du café ?

— Non, merci. Je n'en prends jamais.

Sur un signe de Terrell, Beigler versa du café dans deux gobelets de carton, l'un pour Terrell, l'autre pour lui. Les deux hommes ne pouvaient travailler sans un gobelet de café à portée.

— Eh bien, je vous écoute, monsieur Tullas...

— Je représente les produits Mellor, capitaine, expliqua Tullas. Epicerie en gros. Je visite toutes les petites boutiques entre Miami et Key West. Le 17 du mois dernier, je me suis levé tôt. J'ai quitté Miami à sept heures et demie du matin...

— Un instant, monsieur Tullas. Commençons par le commencement. Vous ne nous avez pas donné votre adresse, l'interrompit Terrell.

— 377, rue de Biscayne, Miami.

— Merci. Vous pouvez continuer.

— J'ai pris l'autoroute 4 A et je me suis dirigé vers Seacombe, où j'avais deux ou trois visites à faire. La circulation était intense. Devant moi, j'ai remarqué une Buick décapotable, une Roadmaster, conduite par un homme ; à côté de lui, une jeune fille blonde. Nous roulions à environ quatre-vingts à l'heure. Soudain, ce type a mis son clignotant pour tourner à droite. J'ai dû freiner brusquement, car je n'avais pas prévu la manœuvre.

— Et pourquoi ? demanda Terrell.

— Tout le monde se dirigeait vers Seacombe. Et voilà que ce type prend le chemin de terre qui mène à la crique de Coral Cove. Personne n'y va jamais en semaine. Ça n'aboutit qu'à l'océan. C'est un coin où on se rend le dimanche. J'y vais quelquefois avec mes gosses.

— Quelle heure était-il ?

— Un peu après huit heures. Ces deux-là n'étaient pas habillés pour la baignade. J'ai trouvé ça bizarre. Quand j'ai entendu la nouvelle à la radio, j'ai décidé de vous téléphoner.

— Vous avez bien fait. Ils ont donc pris cette route et vous les avez perdus de vue ?

— Oui, mais par la suite, j'ai revu l'homme à Seacombe.

— Parlez-moi de la jeune fille. Pourriez-vous me la décrire ?

— Elle avait dix-sept ou dix-huit ans. Elle portait un corsage blanc et un petit chapeau noir. Et puis elle avait des lunettes à monture bleue.

Terrell et Beigler échangèrent un coup d'œil.

— Vous dites que vous avez revu cet homme ?

— Oui. J'avais terminé mes visites à Seacombe et je m'étais arrêté près de la gare routière pour faire le plein. Le type s'est garé près de moi. J'ai reconnu la voiture, et lui aussi. Il a quitté le volant et s'est approché d'une fille assise.

— Un instant, monsieur Tullas. Et l'autre fille ?

— Elle n'était plus avec lui.

Terrell et Beigler échangèrent un nouveau coup d'œil.

— Et vous dites qu'il a abordé une autre fille ?

— Exactement, fit Tullas en souriant. Je suis

un homme marié, je suis honorable et père de trois enfants, capitaine, mais cette fille m'a tiré l'œil. Je dois dire que tous les hommes qui se trouvaient dans les parages la biglaient. Bien plus excitante que les allumeuses dont on parle dans les journaux à la page des spectacles. Bref, ce type s'est approché d'elle et lui a parlé. Elle lui a répondu. Je ne sais pas ce qu'elle lui a dit, mais ça l'a fichu en colère. Il en est devenu tout rouge. Il a fait demi-tour et il est remonté en voiture. Je n'ai jamais vu un type se mettre en boule aussi vite. Ça m'amusait, voyez-vous, car je l'avais vu partir par le chemin de terre avec une fille et voilà que je le revoyais avec une autre. Bref, il s'est mis en rogne et j'ai cru un instant que la belle en cuisses l'avait envoyé sur les roses. Mais pas du tout. Elle s'est levée, elle l'a suivi et elle est montée dans sa voiture. Ils sont partis en direction de Paradise City. Je ne les ai plus revus.

— Est-ce que vous avez noté le numéro d'immatriculation de la voiture ?

— Ma foi, non. La voiture ne m'intéressait pas. Comme je vous l'ai dit, c'était une Buick décapotable, une Roadmaster. C'est tout ce que j'ai remarqué.

— Quelle couleur ?

— Rouge et bleu.

— Neuve ?

— De l'année dernière, à vue de nez.

— Et cet homme, vous pouvez nous donner son signalement ?

— Bien sûr. Il avait l'air d'un magistrat, à mon idée, ou peut-être d'un banquier. Il faisait bien un mètre quatre-vingts, les épaules larges, dans les quatre-vingt-dix kilos, un beau blond, bien bronzé, avec une petite moustache. Il portait un chapeau de paille et un complet crème. Une gravure de mode.

Beigler se pencha soudain en avant. Ça lui rappelait quelque chose.

— Monsieur Tullas, quel âge pouvait-il avoir, cet homme ?

— Oh ! trente-huit, quarante ans.

— Son visage ne vous a pas frappé ? Rien de particulier ?

— Non, dit Tullas en fronçant les sourcils. Je ne vois pas ce que vous entendez par particulier... Il avait une fossette au menton. Ça lui donnait un air assez racé... Vous voyez ce que je veux dire... Comme un acteur de cinéma.

Beigler attrapa le téléphone sous le regard surpris de Terrell.

— Max ! Fais-moi passer cette photo de Phil Algir que la police de New York nous a envoyée. Tu sais... l'escroc, dit Beigler.

— Algir ? demanda Terrell en haussant les sourcils.

— Je peux me tromper, dit Beigler en raccrochant, mais ça correspond à son signalement. Il a disparu de New York alors qu'on venait de lancer un mandat d'arrêt contre lui. C'est peut-être lui.

— Pendant que nous attendons... pourriez-vous me décrire la jeune fille qui est partie avec lui ? demanda Terrell à Tullas.

— Bien sûr que je peux ! Je l'ai aperçue en garant ma voiture. Elle est descendue du car qui arrivait de l'aéroport de Miami. Elle s'est dirigée vers un banc et s'y est assise. Je l'ai remarquée parce qu'elle avait une manière bien à elle de chalouper, expliqua Tullas en souriant. Elle s'y entendait à tortiller du croupion, ça ne fait pas de doute, capitaine. Jamais rien vu de pareil depuis Monroe.

— Quel âge ?

— Oh ! dix-huit, dix-neuf ans, dans les un mètre soixante-dix, bien balancée. Elle portait une veste de daim vert foncé et un pantalon collant noir. Un foulard blanc sur la tête.

— Elle est descendue du car de l'aéroport ?

— Oui. Et puis ce type est arrivé...

Jacoby entra, posa un dossier sur le bureau et ressortit.

Beigler sortit une photographie du dossier et la montra à Tullas.

— C'est lui ? demanda-t-il.

Tullas examina la photographie, puis hocha la tête.

— Oui... c'est bien lui.

— On dirait qu'on a la coupure, dit Terrell après le départ de Tullas. Faites rechercher Algir, Joe. Il est peut-être encore ici, mais j'en doute. Dites à Hess de monter me voir.

Hess entra dans le bureau de Terrell quelques minutes plus tard. Le capitaine lui résuma rapidement le témoignage de Tullas.

— J'ignore qui est la fille qu'Algir a ramassée à la gare routière, mais trouvez-la-moi. Elle nous mènera peut-être à lui. Elle est descendue du car de l'aéroport un peu après huit heures quinze. Elle a dû arriver par l'avion de New York. Vérifiez, Fred.

Hess entra au bureau du Trafic de l'aéroport de

Miami. Une fille s'arrêta de taper à la machine et le regarda d'un air interrogateur :

— Police de Paradise City, expliqua Hess en montrant son insigne. (La fille se leva précipitamment et s'approcha du comptoir.) Je voudrais consulter la liste des passagers de l'avion de New York qui a atterri à sept heures trente le dix-sept du mois dernier, expliqua-t-il.

— Oui, monsieur. C'est possible.

Elle s'en fut et Hess alla s'asseoir sur un banc. Quand il était parti, Terrell téléphonait à la police de New York. L'alerte générale était déclenchée pour retrouver Algir. Hess avait lu le casier d'Algir et s'étonnait qu'il fût devenu un assassin. Son casier ne mentionnait aucun acte de violence. Algir était un père tranquille. Il n'employait jamais la violence.

La jeune fille reparut ; elle apportait la liste des passagers.

— Vous pouvez la garder, monsieur, dit-elle en la lui tendant.

Il lut les trente-deux noms. L'un d'entre eux le fit sursauter et il fronça les sourcils : Ira Marsh. « C'est curieux, se dit-il. Marsh. Serait-ce une coïncidence ? Muriel Marsh... Ira Marsh... Sont-elles parentes ? »

— Aucun tuyau sur cette femme... Ira Marsh ? demanda-t-il à la jeune fille qui l'observait avec curiosité.

— J'ai un double de son billet, si ça peut vous servir.

— Oui... voyons.

La jeune fille s'approcha d'un classeur, y fouilla pendant quelques instants, puis en sortit le billet. Il apprit ainsi qu'Ira Marsh avait voyagé seule et qu'elle habitait 579, East Battery Street, à New York.

— Merci, dit Hess en quittant le bureau.

Il gagna les services de police. Une heure et demie plus tard, il était de retour au commissariat et faisait part de ses découvertes à Terrell.

— La fille que Tullas a aperçue à l'autogare de Seacombe s'appelle Ira Marsh, dit-il en se versant une tasse de café. Les gars du contrôle de l'aéroport s'en souviennent. Apparemment, elle a fait une sacrée impression sur pas mal de types. Ira Marsh était à bord de l'avion de New York. A l'aéroport, elle a pris le car pour Seacombe. S'agit de savoir qui est Ira Marsh. On connaît son adresse. Si on priait la police de New York de nous tuyauter à son sujet ?

— Allez-y, dit Terrell, et en vitesse ! Tâchez de savoir si elle est apparentée à la femme de Devon. Elle est peut-être venue pour l'enterrement, mais qu'est-ce qu'elle fabriquait avec Algir ?

Hess venait de quitter la pièce lorsque Beigler et Lepski y entrèrent.

— Tom a trouvé quelque chose qui vous intéressera peut-être, chef, annonça Beigler. Parmi les jeunes filles qui auraient pu posséder ces lunettes, se trouve Norena Devon. Lepski l'a vue au volant de sa voiture quatre ou cinq fois, ces dernières semaines. Il dit qu'elle ne porte pas de lunettes. Je l'ai envoyé chez le docteur Weidman, qui a rédigé l'ordonnance. A toi de jouer, Tom.

— Ma foi, je l'ai vu, ce type, dit Lepski. Il n'y a pas d'erreur. Norena Devon souffre d'un astigmatisme prononcé. Son œil droit est plus atteint que le gauche. J'ai montré les verres au médecin et il m'a confirmé qu'on les avait faits d'après son ordonnance. Il m'a fourni le nom de l'opticien mais le type qui a monté les verres est parti pour le week-end. Il sera de retour mardi matin.

Terrell se frotta la nuque et lança un regard sévère à Lepski :

— Je n'y pige rien. Pourquoi perdez-vous votre temps à vous occuper de ça, alors que nous savons parfaitement que miss Devon n'a pas disparu ?

— J'ai trouvé ça bizarre, dit Lepski en se dandinant d'un air embarrassé. Miss Devon ne porte pas de lunettes.

— Vous voulez dire qu'elle n'en porte jamais ?

— Je ne dis pas ça, mais, selon le médecin, sans ses lunettes elle est à peu près aveugle.

— Vous ne savez donc pas que les filles n'aiment pas porter de lunettes ? rétorqua Terrell d'un ton agacé. Quand elle se balade, elle est à peu près aveugle... Les filles, c'est comme ça.

— Elle ne les met pas pour conduire.

— C'est bon, c'est bon. J'en parlerai à son père quand j'aurai une minute, mais, bon Dieu ! Tom, passons aux choses sérieuses. (Il jeta un coup d'œil sur sa montre.) Il est près de neuf heures et nous avons raté les informations. Communiquez le signalement d'Algir aux stations de radio pour l'émission de sept heures et demie, demain matin. Prenez cette photo et allez trouver les hôteliers. Tâchez de savoir s'il est en ville. Foncez !

Lepski prit la photographie, échangea un coup d'œil avec Beigler et sortit.

— Vous, Joe, poursuivit Terrell, ne déplacez pas vos hommes pour des broutilles alors que nous avons besoin de tout notre monde pour nous occuper d'Algir. Pourquoi vous embarrasser de la fille de Mel Devon ? Ça ne rime à rien.

— Entendu, chef, dit Beigler d'un ton dépité. Je trouvais que c'était bizarre.

— Bah ! Du vent ! coupa Terrell. Appelez donc Edris, le nain, et tâchez de savoir si Muriel Devon lui a jamais parlé de cette Ira Marsh.

— Il doit être au restaurant, à cette heure-ci.

— Alors appelez-le au restaurant.

Beigler revint à son bureau. Hess raccrochait.

— Ils envoient quelqu'un à East Battery Street et nous rappellent, dit-il. (Il se leva pour s'étirer et bâilla.) C'est pas ce soir non plus qu'on va se coucher de bonne heure.

Beigler grogna. Il composa le numéro de « La Coquille ». Au bout d'un moment, Louis, le maître d'hôtel, lui répondit.

— Ici le commissariat. Je voudrais parler à Edris, dit Beigler.

— Il n'est pas ici.

— Où est-il ?

— A New York. Il ne sera de retour que dans dix jours. Il est allé voir un de ses copains à l'agonie.

— Eh bien ! Il a au moins un copain, dit Beigler en raccrochant.

— Tu sais ce qui me tracasse ? dit Hess. C'est qu'Algir soit devenu un assassin. C'est rare, chez les escrocs. Pour quel motif ? Il a fallu que ce soit important.

Beigler poussa le téléphone vers lui.

— C'est tes oignons, dit-il. Moi, j'ai les miens.

(Il appela le garage G.M.C. Une voix d'homme lui répondit.) Ici le commissariat de Paradise City. J'essaie de retrouver une Buick décapotable bleu et rouge, de l'an dernier. Ça vous dit quelque chose ?

— Nous en avons trois au garage en ce moment, répondit son correspondant.

— Son propriétaire mesure un mètre quatre-vingts, il est fort, il a les yeux bleus, les cheveux blonds et s'habille comme un dandy.

— Oui, oui, nous le connaissons. C'est M. Harry Chambers. Il est de passage ici.

— Est-ce que sa voiture est là ? demanda Beigler en s'asseyant au bord de son fauteuil.

— Non. Pas depuis la semaine dernière. Nous ne l'avons pas revu.

— Il vous doit de l'argent ?

— Je ne sais pas. Je vais voir. Ne quittez pas.

Beigler s'enfonça dans son fauteuil et cligna de l'œil à Hess :

— Je l'ai eu du premier coup. Qui prétend que je suis un détective à la manque.

— Un coup de pot ! persifla Hess.

Le type du garage revint au bout du fil :

— Non. Il a payé le 9. Le préposé estime qu'il a quitté la ville.

— Vous avez son adresse ?

— Il était descendu au Régent.

— Est-ce que vous vous souvenez si ce type avait une fossette au menton ?

— Oui. On aurait pu y loger une bille.

— Merci, fit Beigler qui raccrocha en souriant avec plaisir. Il est au Régent, ou alors il y était. Et Tom qui se casse les pieds à essayer de le dégoter.

Hess prit le téléphone, appela la salle de radio

et fit transmettre à Lepski l'ordre de se rendre immédiatement au Régent.

Lepski reçut le message alors qu'il roulait sur la Promenade. Il tourna dans une transversale et gagna le Régent.

Dix minutes plus tard, il appela Terrell :

— Algir a quitté le Régent le 9, sans laisser d'adresse. Il a quitté la ville, apparemment.

— Il n'avait peut-être plus d'argent. Voyez dans les petits hôtels. Il est peut-être encore ici.

— Entendu, chef. dit Lepski.

Il raccrocha et poussa un grognement.

CHAPITRE IX

Ticky Edris sortit de la cuisine et alla poser la cafetière sur la table. Il avait mal dormi et il se sentait nerveux. Pendant la nuit, il était resté étendu dans le noir à réfléchir à un avenir devenu incertain. Se voir contraint de quitter son appartement à cause de ce fumier d'Algir, cet irresponsable, ça, il ne l'encaissait pas. Il lança un coup d'œil à Algir, sans bien dissimuler la haine qu'il lui inspirait, et il remplit deux tasses de café.

Algir, installé dans le fauteuil, fumait. Il avait mal dormi, lui aussi, et des cernes bruns soulignaient ses yeux. Il regardait la pendule, car il avait hâte d'écouter les informations de sept heures trente.

— Le journal est arrivé ? demanda-t-il en prenant sa tasse de café.

— Non ! lança Edris qui s'approcha du bar et ajouta une bonne dose de cognac à son café.

— J'en prendrai aussi, dit Algir.

Edris lui passa la bouteille. Algir versa du cognac dans sa tasse et jeta un nouveau coup d'œil sur la pendule. Sept heures vingt-sept. Est-ce que la pendule s'était arrêtée ? Il vérifia à sa montre-bracelet et poussa un grognement d'impatience.

— Oh ! écrase ! lâcha Edris d'une voix furibarde. Je te répète qu'on est pénards. Hamilton m'a dit que les flics n'avaient pas le moindre indice. A son avis, ils ne découvriront jamais l'identité de la fille.

— Cette cloche ! Qu'est-ce qu'il en sait ? fit Algir en sirotant son café.

Puis il se pencha et tourna le bouton de la radio.

Les deux hommes écoutèrent avec agacement la fin d'un disque de swing, puis ce furent les nouvelles politiques, et leur impatience grandit. Enfin, ils se redressèrent d'un air attentif, tandis que le speaker poursuivait :

— *Des éléments nouveaux sont apparus dans l'affaire de la crique de Coral Cove. La police désire obtenir le témoignage de Philip Algir, alias Harry Chambers, dernière adresse connue : l'hôtel Régent à Paradise City. Les policiers estiment qu'il pourrait les aider dans leurs recherches. Voici le signalement d'Algir : Taille, un mètre quatre-vingts ; poids, quatre-vingt-dix kilos ; large d'épaules, blond, fine moustache, yeux bleus, fossette au menton. Il portait, la dernière fois qu'on l'a aperçu, un complet crème, un chapeau de paille chocolat à bandeau rouge. Il conduisait une Buick décapotable, une Roadmaster, rouge et bleu, immatriculée NY 4599. Toute personne possédant des renseignements sur cet homme est priée de téléphoner immédiatement au commissariat de police : Paradise 0010.*

Pendant trente secondes, les deux hommes, assommés, ne bougèrent pas, tandis qu'une musique de danse envahissait le silence qui s'était établi entre eux. Puis Algir se réveilla. Il lança un juron et expédia sa tasse de café au nez d'Edris. La tasse se brisa sur la poitrine du nain et le café brûlant aspergea son visage.

— Espèce de connard ! hurla Algir en se dressant. Je vais te tuer, sacré bon Dieu. Je vais t'arracher le cœur, ordure !

Edris glissa à bas du sofa au moment où Algir se précipitait sur lui. Aussi vif qu'un lézard, il esquiva la poigne d'Algir et fonça dans sa chambre à coucher, dont il claqua la porte, qu'il verrouilla.

Algir s'élança en jurant, l'épaule en avant. Il ébranla la porte, mais elle tint bon. Il recula en haletant ; il foudroya la porte des yeux, en serrant et en desserrant les poings ; puis la signification de la nouvelle entendue à la radio le frappa enfin, et il faillit vomir. Il s'assit et ravala sa bile. Il était glacé ; une sueur froide inondait son visage ; ses dents claquaient.

Dans sa chambre à coucher, stupide de frousse, certain qu'Algir allait le tuer s'il l'attrapait, Edris se précipita sur sa commode, ouvrit le tiroir du bas et chercha fébrilement le 25 automatique qu'il y rangeait. Il ne put le trouver. Il vida le contenu du tiroir et constata que le revolver avait disparu. Algir avait dû le voler. Personne n'aurait pu s'en emparer, à part Algir. Ses jambes tremblaient ; il s'assit sur le lit et regarda fixement la porte, tel un oiseau hypnotisé par un serpent.

Il fallut à Algir la moitié de la bouteille de

cognac et une bonne vingtaine de minutes pour reprendre courage.

« Ils ne m'ont pas encore, se dit-il. Je suis dans la panade, mais j'ai encore une chance de m'en sortir si je réfléchis. Les flics vont surveiller l'aéroport et la gare. Ils vont rechercher ma voiture sur les routes. Plus question de prendre l'avion de Caracas. Même s'ils ne surveillent pas les routes, impossible de prendre la Buick que j'ai flanquée dans le garage d'Edris, qui est fermé à clef. Ce sacré nain m'a fourré dans le pétrin, mais il va falloir qu'il m'en sorte ! »

Il se leva et s'approcha de la porte de la chambre.

— C'est bon, Ticky, dit-il. Sors. Je ne te toucherai pas. Il faut que nous causions. Sors.

— Je reste ici, dit Edris qui enfilait une chemise propre. Je ne me fie pas à toi.

— Fais pas l'andouille ! On perd du temps. On est tous les deux dans le coup. Faut qu'on en cause.

Edris hésita. Algir n'avait plus l'air en rogne. Il le savait, les colères d'Algir s'évanouissaient aussi vite qu'elles venaient. Mais il aurait bien voulu avoir son revolver. Il enfila un autre complet puis, lorsque Algir lui cria une seconde fois de sortir, il ouvrit la serrure puis la porte, avec prudence.

Algir se tenait au milieu de la pièce. Sa main droite tenait le revolver d'Edris braqué sur le plancher.

Le nain s'arrêta. Un tic déforma son visage lorsqu'il aperçut l'arme.

— T'en fais pas, t'en fais pas, eh ! trouillard ! lança Algir. Je ne te veux pas de mal.

— Passe-moi ce revolver. Il est à moi ! dit Edris en s'avançant dans le salon.

— Tu cours moins de risques sans lui, répondit Algir en glissant l'arme dans sa poche. Assieds-toi. Faut qu'on cause.

Edris s'assit. Son esprit travaillait. Comment les flics avaient-ils repéré la piste d'Algir ? Assurément, s'ils l'épinglaient, il parlerait. Algir n'éprouverait aucun scrupule à le flanquer dans le bain. Edris en était sûr. Il n'y avait qu'une chose à faire : prendre Algir par surprise et le tuer avant que les flics ne l'attrapent.

— On est tous les deux dans le coup, Ticky, expliquait Algir. On dirait que les flics n'en ont pas après toi. Sans quoi, ils seraient déjà venus ici. Je ne crois pas non plus qu'ils recherchent Ira. S'ils savaient que ce n'est pas Norena, la nouvelle aurait filtré. Écoute, on a une petite chance de s'en tirer. On pourrait filer dans ta Mini. Si on arrive jusqu'à Miami, je connais un gars qui nous planquera en attendant que ça se tasse. Ce type, il connaît du monde, et il s'arrangera pour nous embarquer pour Caracas, mais ça coûtera gros. Il est chérot. Avant de partir, raflons tous les dollars qu'on pourra. Tâchons de piquer le fric de Garland.

Edris le regarda, étonné. Il suivait le raisonnement d'Algir. Ça tenait debout, cette histoire de récupérer tout le fric possible. Mais l'argent de la banque ! C'était dingue !

— Comment que tu irais à la banque, espèce d'enflure ? ricana-t-il. Tu te ferais repérer.

— Pourquoi que j'irais à la banque ? D'ici qu'on se taille, je reste ici, dit Algir. (Puis, montrant le téléphone.) Appelle Ira. Dis-lui de venir te retrouver au café devant la banque d'ici une demi-heure. Tu m'as expliqué hier que si je me tirais, ce serait elle qui sortirait le fric. Eh bien ! C'est ce qu'elle va faire ! Je ne sais pas comment tu vas t'y prendre pour la persuader, et je m'en fous, mais persuade-la ! Dis-lui de rafler l'argent dès que le sous-sol ouvrira ; puis elle expliquera aux gardes qu'elle ne se sent pas bien et elle s'en ira. Tu l'attendras au café. Vas-y ! Téléphone-lui !

Edris hésita. Algir poussa un juron, sortit le revolver de sa poche et le braqua sur Edris :

— Si tu ne téléphones pas, je te tue ! Grouille, bon Dieu !

Edris s'approcha lentement du téléphone et composa le numéro, après l'avoir vérifié dans l'annuaire. Une voix féminine lui répondit :

— Ici la résidence de M. Devon.

— Je voudrais parler à miss Devon, répondit Edris.

Son interlocutrice le pria de patienter. Au bout d'un certain temps, la voix d'Ira résonna à l'autre bout du fil :

— Ici Ticky, dit Edris. Je te retrouve au café devant la banque dans une demi-heure.

— Pourquoi ? demanda Ira d'une voix un peu trop aiguë.

— T'occupe pas... Fais ce que je te dis, sinon tu t'en repentiras, fit Edris en raccrochant.

Algir se leva. Il tenait toujours son revolver braqué sur Edris.

— Je veux ta part du pognon Wanassee, Ticky. Vingt-cinq mille ticsons. Dépêche-toi ! Je garderai la somme en guise de gage. Pas question que tu files avec l'argent de Garland. Passe-la-moi !

Edris lut la menace dans le regard d'Algir et ne discuta pas. Il s'approcha d'un tiroir de son bureau, y fouilla et en retira une enveloppe scellée. Il la lança à Algir.

Celui-ci déchira l'enveloppe, s'assura qu'elle contenait bien la part qu'Edris s'était réservée sur le butin Wanassee, puis la fourra dans sa poche.

— Je te rendrai le tout, Ticky. Maintenant, file ! Le temps passe.

La rage au cœur, le visage contracté de colère, Edris sortit de l'appartement en claquant la porte derrière lui.

Joe Beigler était assis à son bureau ; il avait les traits un peu tirés, les yeux creux. Il venait d'y passer huit heures de rang, assailli par les rapports, les coups de téléphone, les messages radio qui affluaient au sujet d'Algir et de l'assassinat de la crique de Coral Cove.

Tous les détectives disponibles vérifiaient les masses de tuyaux que Beigler leur passait. La salle de permanence était déserte, à part lui. Il aurait bien voulu qu'on lui apporte du café.

Le téléphone sonna pour la douzième fois de l'heure qui venait de s'écouler. Il prit l'appareil en grognant.

— C'est toi, Joe ? Ici, Aldwick, de la banque de Floride.

— Salut, Jim ! Qu'est-ce que tu veux ?

— Ce mec, Algir. Nous le connaissons bien. Il a loué un coffre et il passe à la banque tous les jours.

— Vraiment ? (L'intérêt de Beigler s'éveilla.)

Qu'est-ce qui lui prend de louer un coffre chez vous ?

— Il joue gros jeu... à ce qu'il dit. Il s'est annoncé sous le nom de Lawson Forester, mais son signalement est le même et je l'ai reconnu d'après la photo du journal. Il s'agit bien d'Algir.

— Ecoute, Jim, je t'enverrai un de nos hommes dès que je le pourrai. Le contenu de son coffre pourrait nous intéresser.

— Pas de pot ! Impossible d'ouvrir son coffre sans la clé.

— Vous pouvez le forcer, non ?

— C'est à M. Devon de décider.

— Bien. Dès que j'aurai un homme sous la main je te l'envoie, mais si Algir arrive avant lui, tu l'arrêtes ?

— Tu parles ! Tout le plaisir sera pour moi. Salut, Joe. Ne te surmène pas trop, conclut Aldwick en raccrochant.

Beigler gribouilla un mot sur un bout de papier et le piqua sur un clou. Le téléphone sonna ; il secoua la tête et prit l'appareil.

Ira entra dans le café ; elle s'arrêta un instant pour s'accoutumer à l'obscurité qui venait de succéder à l'éclat du soleil matinal. Elle aperçut Edris qui lui faisait signe du fond de la salle et, sans enthousiasme, elle se dirigea vers lui.

Elle comprit à son air tendu et à sa pâleur qu'il y avait un pépin et un frisson lui parcourut l'échine. Ils gardèrent le silence en attendant que le barman prenne la commande.

Elle songeait qu'elle avait de la chance que Mel ne soit pas descendu prendre son petit déjeuner avant son départ. Il lui aurait certainement demandé pourquoi elle partait si tôt. Elle avait expliqué à Mme Sterling qu'elle avait un rendez-vous matinal et qu'elle ne pouvait pas attendre le petit déjeuner. A présent, elle se demandait en vain ce qu'Edris lui voulait et, en notant ses yeux hagards, les gouttes de sueur qui coulaient sur son front étroit, elle s'effraya.

Edris ne perdit pas de temps :

— Tu as vu les journaux de ce matin ? demanda-t-il d'emblée.

— Non... Pourquoi ?

— Phil est dans de beaux draps. Les flics le recherchent. On n'a pas beaucoup de temps, mon petit, alors écoute-moi bien. Tu vas rafler l'argent des Garland, dit-il en lui refilant la clé qu'Algir avait fabriquée.

— Certainement pas ! répondit Ira en s'écartant de la clé.

— Tais-toi ! Phil ne peut pas s'en charger. Faut qu'il se planque et c'est à toi de jouer.

— Je ne peux pas ! C'est trop dangereux.

Edris ricana. Il avait l'air d'une bête aux abois.

— Gâche pas ta salive, dit-il en tirant de sa poche un numéro du *Paradise City Sun*. Lis ça.

En première page, elle aperçut la photographie d'Algir et les manchettes. Son horreur s'accrût lorsqu'elle lut que la police voulait interroger Algir au sujet du meurtre d'une inconnue dont on avait retrouvé le cadavre à la crique de Coral Cove.

Algir ! Un meurtre ! Elle regarda Edris d'un œil stupide.

— Je ne comprends pas. C'est lui qui... ?

— Il serait temps que tu comprennes, fit Edris

d'une voix sifflante. Je t'ai raconté des bobards quand je t'ai dit que Norena s'était noyée. Elle nous gênait. Phil est allé la chercher à son collège avant de venir te prendre et il l'a étranglée. Cet imbécile ne l'a pas enterrée assez profondément et ils ont retrouvé le corps.

Ira crut qu'elle allait s'évanouir. Elle empoigna le bord de la table à deux mains, s'y accrocha et se sentit blêmir.

— C'est pour ça qu'ils sont après lui, poursuivit Edris en l'observant. Il a besoin de pognon pour se tirer. Tu vas piquer le fric à sa place, sinon, adieu la valise. S'il se fait épingler, il se mettra à table et toi et moi, on ira au trou.

— Je ne veux pas, fit Ira d'une voix rauque. Je n'ai rien à voir là-dedans. Je ne savais pas...

— Oh ! La ferme ! Tu le feras ! aboya Edris. Tu crois que les flics te croiront quand tu leur raconteras que tu ignorais qu'Algir a tué Norena pour que tu prennes sa place ? S'agit de meurtre, mon petit. Et tu seras inculpée de complicité. Tu t'en tireras peut-être avec une condamnation à perpète. Phil et moi on aura droit à la chambre à gaz. Mais, toi, tu passeras le restant de tes jours dans une autre chambre garnie de barreaux. Moi, je préfère la première solution.

Ira frissonna.

— Maintenant, réfléchis. Tu nous récupères l'argent et tu seras pénarde. Impossible que la police apprenne l'identité de la fille morte tant qu'elle n'aura pas agrafé Phil. Moi, je me taillerai, mais, toi, tu peux rester. T'as la bonne place, toi. Tu peux garder ta baraque sans t'en faire ; suffit que Phil et moi on ait l'argent. Tu piges ? C'est ta seule chance de t'en tirer, mais faut la mériter. (Il jeta un coup d'œil à sa montre : il était huit heures cinquante.) Allons, môme, dis-moi que tu y vas !

Ira resta un long moment immobile. « Je ferais n'importe quoi pour pouvoir me débarrasser de ces deux bêtes fauves », se dit-elle.

Elle finit par hocher affirmativement la tête.

— Je vais essayer, dit-elle sans le regarder.

— Mieux que ça. Ecoute-moi bien. Dès que le sous-sol sera ouvert, va piquer l'argent. Tu le fourreras sous ta jupe. Dis aux autres que tu te sens mal, l'estomac barbouillé, demande à rentrer chez toi. Je t'attendrai ici. Tu me refileras l'argent, tu rentreras chez toi, et ni vu ni connu. Phil et moi, on aura quitté Paradise City à onze heures. Compris ?

Elle se remettait peu à peu et sa terreur se calmait. C'était la chance à saisir. Une fois débarrassée de ces deux cocos, elle pourrait continuer à mener cette vie nouvelle et qui lui plaisait tant.

— D'accord ! dit-elle dans un souffle. Je t'apporterai l'argent.

Elle se leva. Edris la regarda fixement :

— Je t'attends, mon petit. Souviens-toi : une fausse manœuvre et on est cuits, tous... Souviens-toi bien.

Elle sortit du café d'un pas hésitant, traversa la rue et entra dans la banque. Elle était malade de peur. Elle commençait tout juste à digérer la nouvelle. Algir avait effectivement assassiné la fille de Mel. Si jamais Mel l'apprenait, il se refuserait certainement à croire qu'elle n'avait pas trempé dans l'affaire. Il fallait qu'elle fauche l'argent, pour se débarrasser de ces deux hommes. Et si jamais ils étaient pris ! Elle frissonna en songeant qu'elle devrait convaincre Mel et la police qu'elle ignorait tout du meurtre de Norena. Elle se rendait compte qu'Edris avait raison... On ne la croirait jamais.

L'heure suivante se traîna misérablement. Assise à son bureau des comptes, elle tripotait inlassablement ses paperasses, trop effrayée pour penser à ce qu'elle faisait. Une de ses collègues s'arrêta au passage pour lui demander si elle allait bien.

— Tu as une triste mine, Norena. Tu ne crois pas que tu ferais mieux de rentrer ?

— Ça va, répondit sèchement Ira. T'inquiète pas.

La fille la regarda encore, puis haussa les épaules et s'éloigna.

Lorsque l'horloge indiqua neuf heures quarante-cinq, Ira se leva, traversa le hall et se dirigea vers le sous-sol. Aldwick était absent, ce qui la surprit. Son collègue ouvrait la grille.

— Où est Aldwick ? demanda-t-elle, tandis qu'il faisait coulisser la grille.

— Occupé, marmonna-t-il en lui tendant le passe-partout.

Elle descendit rapidement l'escalier et alluma au sous-sol. Arrivée à son bureau, elle s'immobilisa un long moment et tendit l'oreille. Son cœur battait à coups précipités et sa bouche était sèche. Elle ne perçut qu'un murmure de voix et des bruits de pas dans le hall. Elle gagna rapidement le couloir d'accès au coffre de Garland.

Elle sortit de sa poche la clé qu'Edris lui avait donnée, l'introduisit dans la seconde serrure et la fit tourner puis, à l'aide de son passe-partout, elle ouvrit le première serrure. Elle jeta un coup d'œil par-dessus son épaule dans le couloir et n'y vit personne. Elle ouvrit la porte du coffre, prit la grosse enveloppe qu'elle y avait fourrée quelques jours auparavant, referma la porte et la verrouilla.

Elle releva sa jupe et glissa l'enveloppe sous sa culotte en l'aplatissant contre son ventre. Elle passa l'élastique par-dessus pour maintenir l'enveloppe, puis rabaissa sa jupe.

Elle regagna son bureau très vite ; son visage était blême, ses mains tremblaient. Elle rangea le passe-partout dans le tiroir du bureau, qu'elle referma. A ce moment, Aldwick, le garde, descendit l'escalier.

— Bonjour, miss Devon, dit-il en la regardant attentivement. M. Devon vous demande. Il veut vous voir tout de suite. (Il la regarda de nouveau.) Ça ne va pas, miss ?

— Mais si, ça va. Je ne me sens pas très bien, voilà tout. Mon père veut me voir ?

— Oui, miss.

— Le passe-partout est dans ce tiroir. Je laisse la clé sur la serrure, dit-elle.

Elle grimpa l'escalier et traversa le hall. Elle gagna le bureau de Mel, frappa à la porte et entra. Elle se figea sur place en s'apercevant que Mel n'était pas seul. L'inspecteur Tom Lepski se tenait près de la fenêtre et la regardait. Elle comprit immédiatement que c'était un policier et elle dut se forcer pour s'avancer dans la pièce.

— Tu voulais me voir, papa ?

— Oui, dit Mel en se levant. Je te présente l'inspecteur Lepski, du commissariat de police. (En remarquant son visage blême et son air effrayé, il poursuivit en souriant.) Rien de bien inquiétant, ma chérie. Il croit que tu pourrais peut-être l'aider... en répondant à quelques questions.

Lepski était un tantinet intrigué. Pourquoi cette fille avait-elle si peur ? Elle avait l'air malade... Comme si elle allait s'évanouir d'un instant à l'autre. Pourquoi ?

— Asseyez-vous, miss Devon, dit-il en atténuant la rudesse habituelle de sa voix. Je ne vous retiendrai pas bien longtemps.

« Voici donc la fille, se dit-il, qui devrait porter constamment ses lunettes et qui ne les porte même pas à la banque ? »

Ira s'assit sur une chaise, près du bureau de Mel. Elle coinça ses mains tremblantes entre ses genoux et s'obligea à affronter le regard professionnel de Lepski.

— Vous connaissez cet homme ? demanda Lepski en lui montrant une photographie d'Algir.

Ira l'examina.

— Oui, dit-elle. C'est M. Forester.

— Venait-il souvent à la banque, miss Devon ? demanda Lepski en remettant la photographie dans son portefeuille et en sortant un calepin.

— Tous les jours.

— Vous l'accompagniez à son coffre ?

— Oui, bien sûr.

— Avez-vous eu l'occasion de remarquer ce qui s'y trouvait ?

— Non. Quand j'avais ouvert la seconde serrure, je m'éloignais.

— Il ne vous a jamais rien appris au sujet du contenu de ce coffre ?

— Non.

Tout en l'interrogeant, Lepski notait questions et réponses dans son calepin. Il lui était venu une idée soudaine et il voulait en vérifier le bien-fondé.

— Il a quitté l'hôtel Régent le 9 de ce mois, miss Devon. Il ne vous a pas fait part de son changement d'adresse ?

— Non.

— Est-ce qu'il vous a jamais parlé de ses amis ?

— Non.

Lepski glissa sa question-piège :

— Vous a-t-il jamais parlé d'un certain docteur Weidman, de Miami ?

— Non.

— Vous connaissez le docteur Weidman, miss Devon ?

Ira se raidit. Elle contempla Lepski qui écrivait dans son calepin ; son visage était resté de marbre.

— Non, je ne le connais pas.

— Vous n'avez jamais entendu parler de lui ?

— Non.

« Voyez-vous ça ! se dit Lepski. Weidman a la fiche de Norena parmi ses dossiers. Il a examiné ses yeux et voici qu'elle prétend n'avoir jamais entendu parler de lui. Qu'est-ce que ça veut dire ? Vas-y doucement, se dit-il. Ne te lance pas dans une histoire sans être sûr de toi. » Il sentit le regard étonné de Mel qui s'était posé sur lui.

— Lorsque Forester venait à la banque, il avait toujours une serviette ?

— Oui.

— Vous n'avez aucune idée de ce qu'elle contenait ?

— Non.

Lepski continua à écrire un instant, puis releva le nez et sourit :

— C'est tout, miss Devon. Pouvez-vous me relire ceci et me dire si tout est exact ? Et signer ?

Il tendit le calepin à Ira qui le prit à contrecœur.

— Qu'est-ce que ça veut dire ? demanda vivement Mel. Ceci n'est pas une déposition. Pourquoi exigez-vous une signature ?

— C'est un nouveau règlement de police, monsieur Devon, répondit Lepski avec un sourire innocent. Ça ne tire pas à conséquence. Il s'agit seulement d'avoir des dossiers en ordre.

Mel haussa les épaules et adressa un sourire rassurant à Ira.

— Relis-le, mon chou, dit-il, et signe.

Ira parcourut l'écriture minuscule et nette. Son instinct du danger la mettait en garde. Elle avait le sentiment de mettre le pied dans un piège sans avoir aucune idée de sa nature.

— C'est bien, dit-elle, en prenant le crayon à bille que lui tendait Lepski.

Elle signa au bas de la page.

Lepski se leva, reprit son calepin et la remercia.

« Cette fille a une vue parfaite, se dit-il. Qu'est-ce que ça veut dire ? »

— Oh ! Encore une question, miss Devon. Avez-vous jamais entendu parler d'une jeune fille qui s'appelle Ira Marsh ?

Ira se tassa sur sa chaise. Elle devint si pâle que Mel sauta sur ses pieds.

— Non... non... Je n'ai jamais entendu parler d'elle !

— Norena ! Tu ne te sens pas bien ? demanda

Mel qui fit le tour de son bureau et vint la soutenir.

— Non, papa. Ça ne va pas bien du tout. J'ai mangé quelque chose hier soir... Est-ce que je peux rentrer à la maison ? Ça ira mieux quand je serai étendue.

— C'est terminé, inspecteur ? demanda Mel à Lepski. Vous comprenez la situation.

— Bien sûr, dit Lepski. Désolé.

Il prit congé ; une petite flamme dansait dans ses yeux.

— Je vais te faire raccompagner à la maison, dit Mel. Je suis désolé. Ne t'en fais pas...

— Ça va comme ça ! fit Ira qui s'efforçait de se remettre et se leva. Pas la peine qu'on me raccompagne... J'en mourrai pas.

Elle fit demi-tour et sortit brusquement. Il la regarda partir d'un œil stupéfait.

Ticky Edris s'était assis ; ses petites jambes se balançaient, son visage transpirait. Ses yeux mobiles ne cessaient de reluquer sa montre. Elle en mettait un temps ! Il était maintenant dix heures quarante-trois. Y aurait-il eu un pépin ? L'avait-on surprise en train d'ouvrir le coffre ?

Il l'aperçut soudain. Elle entrait dans le bar, la tête droite, le menton levé, arrogante, le visage blême, le regard fixe. Elle se faufilait entre les tables, sans se presser. Il se souvint tout à coup de l'impression qu'elle lui avait faite, lors de leur première rencontre : coriace, sûre d'elle, dure comme l'acier trempé. Il épongea son visage en sueur et la regarda. Elle posa ses deux mains sur la table et se pencha vers lui. Ses yeux bleus luisaient.

— Tu l'as ? interrogea Edris en se demandant ce qui lui arrivait.

Cette métamorphose l'effrayait vaguement.

— C'est moi qui pose les questions, dit-elle. Tu as tué ma sœur, n'est-ce pas ?

Edris tressaillit et découvrit ses dents dans un rictus.

— Qu'est-ce que ça a à voir avec notre affaire ? demanda-t-il. Elle est morte, voilà tout. Je n'ai pas eu besoin de la tuer ! Je l'ai aidée à mourir. Qu'est-ce que ça peut te faire ? Tu as le pacson ?

— Cette lettre d'adieu, c'est toi qui l'as écrite ?

— Oui... et alors ? J'ai également écrit des lettres que les flics ont dégotées dans son appartement, pour que l'écriture soit la même. Et alors ? Tu as l'argent, bon Dieu ?

— Et son jules aussi, tu l'as tué ?

— Oh ! la barbe ! Si tu veux savoir, c'est Phil qui l'a effacé. S'agissait de monter notre affaire, mon petit. Ils nous gênaient, tous les deux. (Il flanqua un coup de poing sur la table.) Tu as l'argent ?

— Oui. Il y avait un flic à la banque. Il m'a demandé si je connaissais une certaine Ira Marsh.

Le visage d'Edris se défit.

— Oui, mon petit bonhomme, dit Ira doucement. Ça ne durera plus très longtemps. Je devais être dingue quand j'ai accepté ta proposition. Dingue à un point ! Ils savent tout. D'ici quelques heures... guère plus...

Edris se glissa à bas de la banquette.

— Donne-moi l'argent. Viens avec moi, mon petit. On peut s'en tirer, toi et moi. On a encore une chance. Viens... Donne-moi l'argent.

— Je l'ai remis dans le coffre. Pourquoi m'attirer d'autres avaros ? A un de ces quatre, Ticky. Tu n'en as plus pour longtemps. On se retrouvera chez les flics.

Elle fit demi-tour et sortit rapidement dans la rue ensoleillée.

Jess Farr, assis dans sa Ford de louage, effleurait le volant de ses doigts ; un air de surprise envahit son visage lorsqu'il vit Ira quitter le café qui se trouvait en face de la banque de Floride.

Depuis une heure, il était garé à l'ombre des palmiers. Il avait assisté à l'arrivée de Ticky Edris. Il avait vu Ira entrer dans le café et sortir quelques minutes plus tard ; à son allure, on aurait dit que son univers venait de s'effondrer. Il l'avait vue entrer dans la banque.

Il attendit impatiemment la sortie d'Edris, mais celui-ci ne parut pas. Tout ça intriguait Jess. Pourquoi Edris au lieu d'Algir ? Jess n'avait jamais eu l'idée d'acheter un journal. Il ne lisait jamais de journaux. Il ne lisait jamais rien.

Il alluma une cigarette, s'installa un peu plus confortablement et continua à attendre. Au bout d'une heure trois quarts, il devint un tantinet nerveux. « Si je continue à glander ici, se dit-il, un flic va venir fouiner et j'aurai des histoires. » Comme il se décidait à circuler, il aperçut Ira qui sortait de la banque et se hâtait en direction du café. Il l'observa attentivement, car elle avait changé d'allure. Elle était redevenue la fille qu'il avait connue à New York. Cette démarche... cette expression tendue, coriace, cette hardiesse des épaules... Il jeta son mégot par la vitre et la vit entrer dans le café. « Elle a l'argent de Garland », se dit-il. Il en eut la certitude et il se pencha pour manœuvrer la clé de contact. Elle ne resta qu'un instant dans le café. Elle en ressortit et se hâta de gagner le parking aménagé derrière la banque. Il la perdit de vue, mais il aperçut Edris qui sortait précipitamment du café.

Il regarda Edris, en haussant les sourcils, tout comme les passants. Le nain avait l'air à moitié fou. Son teint était cireux ; sa petite bouche tremblait, ses bras minuscules gigotaient dans tous les sens, tels des poissons qu'on vient de sortir de l'eau, tandis qu'il s'avançait en sautillant vers sa Mini.

« Qu'est-ce qui se passe ? » se demanda Jess en tirant sur le starter. Edris monta dans sa voiture et en fit claquer la portière. Jess démarra. La Mini prit le chemin de Saecombe. Jess la suivit.

Arrivé à sa voiture, Lepski hésita. Pour en avoir le cœur net, il lui fallait courir un certain risque. Ça en valait-il la peine ? S'il ratait son affaire, le capitaine ne serait pas content, mais s'il réussissait... ?

Lepski se décida brusquement. Il monta dans sa voiture, démarra et se lança dans le flot des automobiles. Il conduisait vite, quoique avec prudence, et il gagna l'autoroute 4 A qui menait à Miami.

Une fois sorti des embarras de la circulation, et quand il atteignit l'autoroute, il jeta un coup d'œil à sa montre : dix heures trente-six. Il devait se trouver au commissariat à onze heures trente. Il s'agissait de se grouiller s'il voulait être de retour à temps.

Il aperçut un motard assis à califourchon sur sa

motocyclette ; il surveillait la circulation. Il s'arrêta près de lui.

— Salut, Tim ! dit-il. J'ai une affaire urgente. Tu peux me frayer le chemin ? Terminus le collège mixte de Miami et pas d'arrêt en route. Il faut que j'y sois dans trente minutes. Pas une de plus.

Le motard sourit en lançant son moteur d'un coup de pédale.

— Impossible, dit-il. Trente-huit minutes et demie, et si tu arrives à me suivre.

Lepski acquiesça, laissa le flic prendre du champ, puis s'élança derrière lui. Le motard lui ouvrait la route à coups de sirène et, tandis que les voitures se garaient précipitamment sur la droite, il tirait sur la manette des gaz.

Lepski écrasa l'accélérateur au plancher et songea que le capitaine piquerait une belle colère s'il le voyait en ce moment ; il fonçait à cent quatre-vingt-dix à l'heure.

La longue autoroute rectiligne semblait fondre sous ses roues. Les voitures que Lepski doublait n'étaient que des taches grises qui tanguaient dans les remous de son sillage. Il se pencha en avant, agrippa solidement le volant et riva son regard sur le dos du motard. Il se maintenait à cinquante mètres derrière lui. Il monta progressivement à deux cents à l'heure et, pas très rassuré, il songea qu'en cas de pneu éclaté, il n'aurait droit qu'à un modeste cercueil et à un grand trou dans la terre.

Vingt minutes plus tard, ils atteignirent l'extrémité de l'autoroute et le flic leva la main pour avertir Lepski qu'il ralentissait. Ils entrèrent tous deux dans les faubourgs de Miami à cent dix à l'heure. Allure d'escargot, après la course qu'ils venaient d'accomplir sur l'autoroute.

Seize minutes plus tard, ils tournèrent lentement dans l'allée d'accès au collège mixte Graham.

Lepski s'arrêta et sortit de sa voiture. Ses jambes tremblaient un peu, mais il adressa un joyeux sourire au motard, qui le lui rendit.

— Belle performance ! dit Lepski. On va la bisser. Tu me ramènes quand j'ai fini ici !

— Entendu ! répondit l'autre. On gagnera quelques minutes au retour. Il y aura moins de voitures.

Lepski escalada le perron et sonna. Le docteur Graham en personne lui ouvrit.

— Je suis du commissariat de Paradise City, monsieur. Peut-être pourriez-vous m'aider. Puis-je entrer ?

Graham hocha la tête et s'effaça.

— J'espère que ça ne prendra pas trop de temps, inspecteur, dit-il en le conduisant dans son bureau. J'ai un rendez-vous.

— Ça ne sera pas long, monsieur, dit Lepski en s'installant dans le fauteuil que lui offrait Graham. J'enquête au sujet d'une de vos élèves, Norena Marsh Devon.

— Elle nous a quittés, répondit Graham un peu étonné. Elle...

— Oui, je sais. Dites-moi, docteur, elle portait des lunettes... Exact ?

— Oui.

— Pouvait-elle lire sans lunettes ?

— Certainement pas ! Elle les portait tout le temps. Je ne comprends pas. Qu'est-ce... ?

— La monture de ces lunettes était bien en plastique bleu ?

— En y réfléchissant, répondit Graham de plus en plus étonné, effectivement, elle était bleue. Je ne sais pas si c'était du plastique. Pourriez-vous m'expliquer pourquoi vous me posez ces questions ?

— Nous croyons savoir que Norena Devon est l'inconnue dont on a retrouvé le cadavre à la crique de Coral Cove, fit Lepski d'une voix grave.

Graham se raidit, horrifié.

— Mon Dieu ? Qui vous fait... ?

— C'est moi qui pose les questions, docteur, répondit fermement Lepski. (Il tira la photographie d'Algir de son portefeuille.) Vous avez déjà vu cet homme ?

— Oui, c'est M. Tebell, l'avocat de la mère de Norena.

Lepski poussa un long soupir. Il avait donc raison.

— Auriez-vous une photographie de Norena Devon ? demanda-t-il.

— Bien sûr. On prend toujours une photographie de la classe à la fin du semestre, répondit Graham.

Il se leva et se dirigea vers un classeur. Il y fouilla et finit par en sortir une photographie.

Il traversa la pièce et la passa à Lepski.

CHAPITRE X

Edris, à moitié fou de terreur, fonçait sur l'autoroute de Seacombe. Le souci de sa sécurité l'absorbait tellement qu'il ne remarqua pas la Ford poussiéreuse qui le suivait. « Il n'y a pas un moment à perdre, se disait-il. Les flics me recherchent peut-être. » Il avait, lui aussi, des amis sur les quais. Le mieux était de s'embarquer pour le Mexique.

Mais il fallait d'abord courir le risque de regagner son appartement. Reprendre son argent à Algir. Sans argent, il était foutu. Il fallait tuer Algir, sinon Algir le tuerait. Il fallait aussi découvrir l'endroit où Algir avait caché sa part de l'argent de Wanassee. Mais, pour effacer Algir, il fallait un revolver !

Il arriva dans les faubourgs de Seacombe et tourna dans une rue étroite qui menait à l'océan.

Surpris, Jess freina à mort et s'arrêta. Il sortit de sa voiture et fonça au coin de la rue. Il arriva à temps pour voir la Mini tourner à droite au bout de la rue et disparaître. Il revint en courant à la Ford, descendit lentement et prudemment la rue.

Edris gara la Mini, puis s'élança en direction

d'un bar louche qui accueillait surtout les équipages des yachts de pêche amarrés dans le port.

A cette heure-là, le bar était désert et Harry Morris, le propriétaire, un grand type velu à l'air mauvais, se tenait adossé au bar ; il lisait les résultats des courses. Il sourit à la vue d'Edris :

— Salut, Ticky ! dit-il en repliant son journal. (Il observa le visage blême et suant d'Edris.) Qu'est-ce qui ne va pas, mon vieux ?

— Je suis dans le pétrin, Harry, expliqua Edris en s'efforçant de retrouver son souffle. Me pose pas de questions. J'ai les flics sur le dos. Tu peux me mettre sur un bateau pour le Mexique ?

Morris ouvrit de grands yeux. Il se demanda un instant si Edris blaguait, puis il comprit, en observant le visage du nain, qu'il était sérieux.

— Ça peut s'arranger, Ticky. Mais ça coûtera cher. Il y a un bateau qui appareille ce soir à dix heures. Je pourrais t'arranger ça pour... pour trois mille tickets.

Edris tressaillit :

— Tu ne peux pas faire mieux, Harry ? J'en ai besoin de mon pognon.

— Je ferai ce que je pourrai, mais ce type a les doigts crochus.

— J'ai une petite affaire à régler et je reviens. Tu pourrais me planquer jusqu'au départ du bateau ?

— Bien sûr, Ticky. Pour toi, je ferai l'impossible.

— Autre chose... Il me faut un revolver muni d'un silencieux et tout de suite.

— Pourquoi faire ? demanda Morris en ouvrant des yeux ronds.

— Me pose pas de questions, Harry. J'en ai besoin tout de suite.

— C'est bon. T'es sûr que tu ne veux pas que je m'en occupe ?

— Je peux me débrouiller tout seul, fit Edris avec un sourire sinistre. Grouille-toi, Harry. Je suis pressé.

Morris disparut par une porte située au fond du bar. Il revint quelques minutes plus tard ; il apportait un paquet enveloppé dans du papier d'emballage qu'il tendit à Edris.

— Voilà, Ticky. Je ne veux plus le revoir. Le silencieux marche pour trois coups... pas plus. Tu es sûr de ce que tu fais ?

— Oui, fit Edris d'une voix pas commode. Merci Harry. Je reviens dans une heure ou deux.

Il sortit précipitamment du bar et grimpa dans la Mini.

Une fois en voiture, il défit le paquet et examina le 38 automatique. Il vissa le silencieux sur le canon et posa le revolver sur le siège, à côté de lui. Il mit son chapeau dessus, puis il démarra et gagna son appartement.

Jess Farr, garé un peu plus loin sur le quai, le suivit.

Arrivé devant chez lui, Edris rafla le chapeau et le revolver, laissa la clé de contact sur le tableau de bord et descendit de voiture. Il traversa rapidement le trottoir et grimpa le perron. Il traversa le hall et entra dans l'ascenseur qui le propulsa à son étage.

Il s'arrêta devant la porte de son appartement pour y prendre sa clé et jeta un coup d'œil à sa montre. Onze heures quarante-trois. Il ouvrit la porte et entra prudemment dans l'antichambre.

— Phil !

Il flanqua son chapeau sur un fauteuil, planqua l'arme derrière son dos, et, tenant le journal qu'il avait acheté de la main gauche, il s'avança dans le salon.

Algir se tenait près de la fenêtre ; il était armé du 25 d'Edris. Il avait l'air méfiant et nerveux. Il leva son revolver et le braqua sur Edris.

— Tu as le fric ? demanda-t-il. T'approche pas !

— Qu'est-ce que ça veut dire ? répondit Edris en penchant la tête d'un air étonné.

Son pouce libéra le cran d'arrêt de l'arme cachée derrière son dos.

— Je n'ai pas confiance en toi, eh ! raclure ! lança Algir. Tu as le pognon ?

— Bien sûr, que je l'ai. J'ai aussi un journal. Il y a une belle photo de toi, mon petit, et en première page.

Edris lui lança le journal. Celui-ci se déplia en tombant et la première page s'étala aux pieds d'Algir.

Algir, surpris, regarda à ses pieds, aperçut sa photographie et se mit à jurer. Ce fut la dernière parole qu'il prononça sur cette terre. Edris leva son revolver et lui tira une balle dans la tête.

Algir s'effondra et se mit à glisser à terre. Edris, dont les lèvres s'étaient retroussées dans un rictus, lui expédia une seconde balle dans la poitrine.

Algir s'étala au plancher. Le sang ruisselait sur sa joue. Ses mains bougèrent faiblement, sa bouche tressaillit, puis ses yeux se révulsèrent. Un frisson le parcourut et sa mâchoire tomba.

Edris poussa un long soupir. Il dévissa le

silencieux et le glissa dans sa poche. Il posa le revolver sur la table. Sans accorder un seul regard à Algir, il entra dans sa chambre à coucher pour y prendre le fourre-tout de toile qu'il avait préparé.

Puis il se mit à fouiller l'appartement. S'agissait de retrouver l'argent d'Algir. Il lui fallut dix minutes. Algir l'avait glissé derrière une reproduction d'un Picasso de la période bleue. Il compta les billets et grogna en s'apercevant qu'Algir n'avait plus que seize mille dollars, sur les vingt-cinq mille qu'il avait touchés.

Edris fourra l'argent dans sa poche-revolver, puis il glissa l'enveloppe qui contenait sa part personnelle dans la poche intérieure de son veston. Il s'attarda à jeter un dernier coup d'œil sur l'appartement et il éprouva un instant de tristesse à l'idée de le quitter. Il regarda Algir dont la tête gisait dans une mare de sang. Son expression de terreur lui arracha une grimace. Il prit son sac et se dirigea lentement vers la porte.

Il avait du mal à croire qu'il ne reverrait jamais cet appartement ; en tout cas, il avait l'argent et il était libre de gagner le Mexique. Il y recommencerait sa vie. L'argent ouvre bien des portes. Sans argent, on coulait.

Il ouvrit la porte et se cloua sur place.

Revolver au poing, Jess Farr se tenait dans le couloir. Son arme était braquée sur le visage d'Edris.

Celui-ci ferma les yeux, puis les rouvrit. A la vue de ce *beatnik* efflanqué et de son revolver, la surprise lui avait coupé le souffle un moment ; puis son cœur se mit à battre la chamade.

— Rentre ! lança Jess avec hargne. Et fait gaffe !

Malade de désespoir, Edris rentra lentement à reculons dans le salon. Jess l'y suivit et referma la porte d'un coup de pied. Il eut un haut-le-corps en apercevant Algir. Il n'avait jamais vu de cadavre. De frousse, il en eut froid au ventre.

— Pose ton sac ! Retourne-toi et haut les mains ! lança-t-il.

— Ecoute ! fit Edris en se forçant à sourire, malgré sa pâleur.

— Vas-y... Face de raie ! hurla Jess en le menaçant de son arme.

Edris lâcha un sanglot. Il posa son sac et se retourna ; au moment où il levait les mains, Jess s'avança prestement et lui flanqua un coup de crosse sur la tête.

Lepski éprouva une certaine volupté à observer le visage de Terrell, tandis qu'il lui faisait son rapport. Beigler, adossé au mur derrière le bureau de Terrell, faisait une tête qui valait le spectacle, elle aussi.

Lepski ne put s'empêcher de sourire triomphalement en concluant :

— Et voici une photographie de Norena Devon, patron. Je l'ai obtenue à son école.

D'un geste superbe, il posa la photo sur le bureau de Terrell.

Terrell et Beigler se penchèrent sur le cliché, qui représentait un groupe de jeunes filles.

— C'est la seconde à gauche, au dernier rang, expliqua Lepski.

— Beau boulot, Tom ! fit Terrell, après avoir examiné la jeune fille, plutôt laide, et qui portait des lunettes. Mais alors, qui est cette fille que Devon prend pour la sienne ?

— Ira Marsh... la sœur de Muriel, dit Beigler. Je viens d'avoir le rapport de la police de New York. Ira Marsh a quitté New York le soir du 16 et on ne l'a pas revue depuis. Ça colle, chef.

— Mais pourquoi ? demanda Terrell en fronçant les sourcils. Il nous manque un chaînon important. Pourquoi Algir a-t-il substitué Ira à Norena ? Il devait avoir une raison.

— Elle va nous le dire. Allons l'arrêter.

— Doucement ! dit Terrell. Je vais d'abord aller trouver Devon. (Il fronça les sourcils.) Edris, le nain... Il doit être dans le coup, lui aussi. C'est lui qui s'est porté garant d'Ira. Il a dû mettre sa photo dans la chambre de Muriel. C'est lui qui a expédié Algir chez le docteur Graham. Allez le chercher, Joe. En vitesse !

— Mais il est à New York, dit Beigler.

— Alertez la police de New York. Ce n'est peut-être pas vrai. Il est peut-être encore ici. Allez chez lui, Joe.

Beigler acquiesça et se hâta de sortir.

— Faites surveiller l'aéroport et disposez des barrages sur les routes, Tom, poursuivit Terrell. Avec sa dégaine, il ne peut pas aller loin mais je ne veux pas prendre de risques avec ce petit serpent. (Il se leva et ramassa la photographie posée sur son bureau.) Je vais voir Devon.

Lepski empoigna le téléphone.

« Si tu n'obtiens pas de l'avancement après cette affaire, mon vieux, se dit-il, tu n'en auras jamais. »

Jess descendit par l'ascenseur. Il ne s'était pas attardé à compter les billets qu'il avait fauchés à

Edris, mais, il le savait, c'était plus d'argent qu'il n'en pouvait espérer. « S'agit de quitter la Floride au plus vite, se dit-il. J'abandonnerai la bagnole de louage à Fernandina et je prendrai le train pour Atlanta. J'y resterai en attendant que les événements prennent tournure. Avec tout ce fric, plus de bile à se faire. »

Tout heureux qu'il fût, la mort d'Algir lui avait causé un choc. Edris, qu'il avait laissé évanoui sur le plancher, l'avait évidemment assassiné. En grimpant dans la Ford, il se demanda ce qu'Edris projetait et où il irait.

« Ça lui fera les pieds, à cette raclure, se dit-il en tirant sur le starter. La façon dont il a traité Ira, c'est bien pour sa pomme. »

Et Ira ? Jess fronça les sourcils. Il eut un instant la tentation d'aller la chercher. Le voyage avec elle, ça serait plus marrant ; puis il hocha la tête : valait mieux pas. Les flics allaient la piquer sous peu, et elle l'entraînerait dans le bain. Non. Il allait voyager seul. Il aurait tout le temps de se trouver une fille en arrivant à Atlanta.

Il prit la route de Miami. La circulation, à l'heure de midi, était intense, et on avançait si lentement que ça l'agaçait. Mais il réfrénait son impatience. Pas question de risquer un accident alors qu'il avait un revolver dans sa poche et un tas de fric glissé sous sa chemise.

« Un coup au poil », se dit-il en ralentissant à cause d'un embouteillage. Edris n'oserait rien dire. Algir était mort. Ira ignorait qu'il avait l'argent ! Epatant ! Un braquage parfait !

La circulation reprit et Jess passa en troisième. Il aperçut un feu vert. Il se demanda s'il allait pouvoir passer. La voiture qui le précédait déboîta brusquement et fonça. Jess ne put s'empêcher d'appuyer sur l'accélérateur. A ce moment, le feu passa au rouge. Il en était à cinq mètres.

Il jura, freina à mort, dérapa et s'arrêta ; il avait dépassé les clous d'un mètre. Comme il allait faire marche arrière, un choc le projeta brutalement en avant ; une voiture venait d'emboutir l'arrière de la Ford.

Jess se retourna, furieux. Il aperçut le conducteur, un gros bonhomme âgé qui sortait de sa voiture, puis il entendit le bruit qu'il redoutait le plus... un sifflet de police.

Son cœur se mit à battre. Il sortit le revolver de sa poche et voulut le dissimuler dans la boîte à gants. Une voix de flic retentit :

— Minute !

Il leva le nez. Un gros flicard au visage rougeaud le regardait par la vitre. Il était arrivé sans que Jess le vît. Le flic avait déjà son revolver en main ; il le braquait sur Jess.

— Lâche ce feu ! dit le flic d'une voix métallique. Et plus vite que ça !

Fou de peur et de rage, Jess lâcha le revolver sur le siège et leva les bras en balbutiant.

La portière fut brutalement ouverte par un autre flic qui l'empoigna et l'attira sur la chaussée. Les voitures klaxonnaient. Des gens s'arrêtaient pour bigler.

— Fais gaffe ! lança l'autre policier. Il vient de planquer un feu !

Le flic au visage rougeaud sourit et gifla Jess, qui tituba ; puis, en un éclair, et avant que Jess puisse se rendre compte de ce qui lui arrivait, il lui passa des menottes aux poignets.

Il sentit que les liasses de billets planqués sous sa chemise glissaient ; les coupures s'éparpillèrent sur la route.

— Hein ? Qu'est-ce que ça veut dire ? s'écria le flic au visage rougeaud en ouvrant de grands yeux. Ce petit salaud saigne du pognon !

Ticky Edris ouvrit les yeux. La douleur qu'il ressentait à la tête était si violente qu'il poussa un gémissement. Il resta immobile et s'efforça de se rappeler ce qui s'était passé. La mémoire lui revint.

Il mit plusieurs minutes à se redresser et ça lui fit mal. Il porta ses mains atrophiées à sa tête, qui finit par s'éclaircir. Ses souffrances diminuaient. Il se mit à genoux, puis il parvint à se relever. Il fit deux pas chancelants. Son pied gauche glissa dans la mare de sang qui avait coulé de la blessure d'Algir. Il frissonna et voulut essuyer sa semelle sur le tapis. On aurait dit qu'il avait vieilli de cinquante ans pendant la demi-heure où il était resté évanoui. Il gagna le petit bar, l'ouvrit d'une main tremblante et empoigna la bouteille de whisky. Il la déboucha, lâcha le bouchon qui alla rouler sur le tapis, et porta la bouteille à ses lèvres. Il but longuement ; l'alcool inonda son corps et lui rendit chaleur et vie.

Il hoqueta, reposa la bouteille et tâta sa poche-revolver. Evidemment, c'était un geste dérisoire. L'argent s'était envolé.

D'un pas incertain, il gagna la salle de bains et s'appliqua des compresses sur la tête et le visage. Son esprit était trop engourdi pour fonctionner. Il regarda dans la glace et son cœur se serra. Il avait l'air d'un petit vieillard fripé agonisant. Un moribond.

Il se détourna et regagna le salon. Il empoigna la bouteille de whisky et but un bon coup. Il rota en s'asseyant dans son minuscule fauteuil et posa les pieds sur son tabouret.

« Plus de bateau pour le Mexique, songea-t-il. Sans argent, Ticky, mon vieux, tu es foutu. Autant t'en rendre compte. Pas question de t'enfuir. Pas question de tirer de nouveaux plans. Tu es coulé et tu ne t'en tireras jamais ! »

Il regarda Algir et ses lèvres se retroussèrent en un rictus de haine. Tout ça parce que ce gros tas de merde, ce crétin, ce fumier, avait été trop bête et trop fainéant pour enterrer le cadavre assez profondément ! Ça avait suffi pour bouziller le plus beau braquage du monde.

Edris avala quelques gorgées de whisky. Il était saoul et se prenait en pitié. Il se mit à pleurer. Les larmes ruisselaient sur son visage fripé, tandis qu'il battait doucement des mains.

C'est dans cet état que Beigler et Hess le trouvèrent ; il pleurait toujours quand ils entrèrent dans son appartement, vingt-cinq minutes plus tard.

Ticky Edris, se laissa emmener sans résistance. « Qu'est-ce que ça peut foutre ? se dit-il en descendant le perron pour monter dans la voiture de police. Qu'est-ce que ça peut foutre ? On fait des projets. On abat la bonne carte et un imbécile fout tout par terre. »

— Et voilà. Le gâteau est en miettes, dit-il à mi-voix en grimpant dans la voiture.

Et, comme il était très saoul, il enfouit son

visage entre ses mains atrophiées et se remit à pleurer.

Mel chéri,

Je ne peux plus t'appeler papa, n'est-ce pas ? Je ne t'écris que pour te dire adieu. Et pour te dire combien je suis désolée.

Je pense que tu ne me croiras pas, mais sincèrement, je ne savais pas qu'ils avaient tué ta fille. Ils m'avaient raconté qu'elle s'était noyée.

Je sais que je n'aurais pas dû prendre sa place, mais il y a tant de choses dans ma vie que je n'aurais pas dû faire. J'ai été heureuse avec toi... C'était un drôle de bonheur, et je savais bien qu'il ne durerait pas.

Je vais aller nager. Je nagerai tant que je pourrai ; comme ça, j'espère que ça t'évitera des tas d'ennuis. J'aimerais croire que je te manquerai un peu. Je suis contente pour Joy : elle te rendra heureux et tu l'as bien mérité.

Adieu et, je t'en prie, crois bien que je ne l'aurais pas fait si j'avais su l'histoire de Norena.

Tendresses.

Ira.

Elle posa le crayon à bille et relut sa lettre. Elle se trouvait au chalet de la plage et elle portait un bikini blanc qui soulignait le hâle de sa peau.

Calmement, sans rien éprouver, elle glissa la lettre dans une enveloppe qu'elle ferma. Elle écrivit le nom de Devon sur l'enveloppe et la posa contre un vase de fleurs, sur la table.

Elle se leva, balaya la pièce du regard, puis sortit sur la plage ensoleillée.

Au loin, des gens se baignaient. Si loin que leur présence ne risquait pas de la gêner. A longues enjambées, elle s'avança vers l'océan, la tête haute, la bouche ferme, les yeux secs. Elle entra dans l'eau et se mit à nager à larges brassées qui l'entraînèrent rapidement en pleine mer, loin de cette nouvelle vie qu'elle avait découverte, mais qui n'était pas pour elle.

DU MÊME AUTEUR

Aux Éditions Gallimard

Dans la collection Carré Noir

UNE MANCHE ET LA BELLE, *n° 1*
L'ABOMINABLE PARDESSUS, *n° 4*
12 CHINETOQUES ET UNE SOURIS, *n° 5*
TRAQUENARDS, *n° 6*
QU'EST-CE QU'ON DÉGUSTE, *n° 7*
ALERTE AUX CROQUE-MORTS, *n° 8*
MISS SHUMWAY JETTE UN SORT, *n° 9*
C'EST LE BOUQUET, *n° 10*
VIPÈRE AU SEIN, *n° 11*
PAS D'ORCHIDÉES POUR MISS BLANDISH, *n° 12*
C'EST MA TOURNÉE, *n° 16*
LA CULBUTE, *n° 17*
LÂCHEZ LES CHIENS, *n° 18*
LE DÉMONIAQUE, *n° 19*
LA PETITE VERTU, *n° 20*
DANS LE CIRAGE, *n° 21*
UNE BOUFFÉE D'OR PUR, *n° 22*
POCHETTE SURPRISE, *n° 23*
PAS DE VIE SANS FRIC, *n° 24*
AU SON DES FIFRELINS, *n° 25*
LA CHAIR DE L'ORCHIDÉE, *n° 28*
UN HOMME À L'AFFÛT, *n° 29*
DU GÂTEAU, *n° 30*
LE VAUTOUR ATTEND TOUJOURS, *n° 31*
TU SERAS TOUT SEUL DANS TON CERCUEIL, *n° 32*
UN TUEUR PASSE, *n° 33*

OFFICIEL, *nº 114*
EN GALÈRE, *nº 120*
L'HÉROÏNE D'HONG KONG, *nº 128*
LE DENIER DU COLT, *nº 133*
CHANTONS EN CHŒUR, *nº 144*
CAUSE À L'AUTRE, *nº 150*
LE ZINC EN OR, *nº 153*
SIMPLE QUESTION DE TEMPS, *nº 155*
TUEUR DE CHARME, *nº 157*
UN BEAU MATIN D'ÉTÉ, *nº 160*
LES POISSONS ROUGES N'ONT PAS DE SECRET, *nº 173*
À PIEDS JOINTS, *nº 199*
JOKER EN MAIN, *nº 208*
FAIS-MOI PLAISIR... CRÈVE, *nº 211*
ON REPIQUE AU JEU, *nº 231*
QUI VIVRA, RIRA, *nº 242*
PLANQUE-TOI À LA MORGUE, *nº 269*
MEURTRES AU PINCEAU, *nº 289*
QUESTION DE FLAIR *(inédit), nº 301*
TU CROIS PAS SI BIEN DIRE *(inédit), nº 326*
LA GRANDE FAUCHE *(inédit), nº 350*
FILE-MOI UNE COUVERTURE *(inédit), nº 378*
PASSEZ UNE BONNE NUIT *(inédit), nº 405*
TU ME SUIVRAS DANS LA TOMBE *(inédit), nº 431*
C'EST PAS DANS MES CORDES *(inédit), nº 474*
ÇA IRA MIEUX DEMAIN *(inédit), nº 499*

Impression Bussière à Saint-Amand (cher),
le 11 septembre 1987.
Dépôt légal : septembre 1987.
1er dépôt légal dans la collection : octobre 1973.
Numéro d'imprimeur : 1648.
ISBN 2-07-043139-8. / Imprimé en France.

41646